Voltaire

Candide
oder
der Optimismus

LIWI

Literatur- und Wissenschaftsverlag

Bibliografische Information der Deutschen Nationalbibliothek
Die Deutsche Nationalbibliothek verzeichnet diese Publikation in der Deutschen Nationalbibliografie; detaillierte bibliografische Daten sind im Internet über http://dnb.dnb.de abrufbar.

Voltaire
Candide oder der Optimismus
Übersetzt von Ilse Linden
Erstdruck des französischsprachigen Originals: Candide ou l'optimism, Cramer, Genf 1759.
Durchgesehener Neusatz, der Text dieser Ausgabe folgt dem Erstdruck
der Übersetzung von Ilse Linden in:
Voltaire: Romane, Propyläen Verlag, Berlin 1920.
Vollständige Neuausgabe, Göttingen 2024.
Umschlaggestaltung und Buchsatz: LIWI Verlag
LIWI Literatur- und Wissenschaftsverlag
Thomas Löding, Bergenstr. 3, 37075 Göttingen
Internet: liwi-verlag.de | Instagram: instagram.com/liwiverlag | Facebook: facebook.com/liwiverlag
Druck: Libri Plureos GmbH, Friedensallee 273, 22763 Hamburg
ISBN Taschenbuch: 978-3-96542-886-7
ISBN Gebundene Ausgabe: 978-3-96542-887-4

Erstes Kapitel

Wie Candide auf einem schönen Schlosse erzogen und von dort verjagt wurde

In Westfalen, auf dem Schlosse des Herrn Barons von Thunder-ten-tronckh, lebte ein junger Mensch, dem die Natur das sanfteste Gemüt verliehen hatte. Sein Antlitz gab Kunde von seiner Seele. Er besaß ein gerades Urteil bei einfachstem Verstande. Deshalb, glaube ich, wurde er Candide genannt. Die alten Diener des Hauses argwöhnten, er sei ein Sohn der Schwester des Herrn Barons und eines biederen Edelmannes der Nachbarschaft, den dieses Fräulein niemals hatte heiraten wollen, weil er nur einundsiebzig Ahnen nachweisen konnte und sein übriger Stammbaum durch die Unbill der Zeit verloren gegangen war.

Der Herr Baron war einer der mächtigsten Gutsherren Westfalens, denn sein Schloß hatte eine Tür und Fenster. Der große Saal war sogar mit einer Tapete geschmückt. Seine Hofhunde bildeten im Notfalle eine Meute; seine Stallknechte waren die Treiber; der Dorfvikar der Hofprediger. Alle nannten ihn »gnädiger Herr« und lachten, wenn er Geschichten erzählte.

Die Frau Baronin wog ungefähr dreihundertundfünfzig Pfund; sie stand dadurch in großem Ansehen. Gesteigert wurde dieses Ansehen noch durch die Würde, mit der sie das Haus vertrat. Ihre siebzehnjährige Tochter Kunigunde hatte frische Farben, war blühend, fett, appetitlich. Der Sohn des Barons erwies sich als seines Vaters in allem wert. Der Hofmeister Pangloß war das Orakel des Hauses; der kleine Candide horchte auf seine Lehren mit dem guten Glauben seines Alters und Charakters.

Pangloß lehrte die metaphysisch-theologisch-kosmologische Tropfologie. Er bewies auf bewundernswerte Weise, daß es keine Wirkung ohne Ursache gäbe; daß in dieser besten aller möglichen Welten das Schloß des Herrn Barons das schönste aller Schlösser sei und die Frau Baronin die beste aller möglichen Baroninnen.

»Es ist bewiesen,« sagte er, »daß die Dinge nicht anders sein können: denn da alles zu irgendeinem Zwecke gemacht ist, dient es notwendigerweise dem besten Zwecke. Man achte darauf, daß die Nasen geschaffen sind, um Brillen zu tragen; also haben wir

Brillen. Die Beine sind sichtlich dazu da, um Schuhe und Strümpfe zu tragen, also haben wir Beinbekleidung. Die Steine sind auf der Welt, um behauen und zum Bau von Schlössern verwendet zu werden; also hat der gnädige Herr ein sehr schönes Schloß: der erste Baron der Provinz muß auch am besten wohnen. Da die Schweine bestimmt sind, gegessen zu werden, essen wir das ganze Jahr Schweinefleisch. Folglich haben jene, die gesagt haben, alles sei gut, eine Dummheit behauptet: sie mußten sehen, daß alles aufs beste eingerichtet sei.«

Candide hörte aufmerksam zu und glaubte alles in seiner Unschuld: denn er fand Fräulein Kunigunde wunderschön, obgleich er nie so kühn war, es ihr zu sagen. Er kam zu dem Schluß, daß nach dem Glück, als Baron Thunder-ten-tronckh geboren zu sein, der zweite Grad des Glückes der sei, Fräulein Kunigunde zu sein; der dritte, sie alle Tage zu sehen; der vierte, Meister Pangloß zu hören, den größten Philosophen der Provinz und folglich der ganzen Erde.

Eines Tages sah Kunigunde beim Spazierengehen in der Nähe des Schlosses, in dem kleinen Gehölz, das man Park nannte, zwischen Buschwerk den Doktor Pangloß, wie er der Kammerfrau ihrer Mutter, einer sehr hübschen und gelehrigen, kleinen Brünetten, eine Unterrichtsstunde in Experimentalphysik erteilte. Da Fräulein Kunigunde viel Anlage für die Wissenschaften besaß, beobachtete sie, ohne sich zu rühren, die wiederholten Experimente, deren Zeugin sie war. Sie sah deutlich den zureichenden Grund des Doktors, die Wirkungen und die Ursachen. Erregt und träumerisch, ganz von dem Wunsche erfüllt, sich ebenfalls belehren zu lassen, kehrte sie um. Sie dachte, sie könne sehr wohl der zureichende Grund für den jungen Candide, so gut wie er der ihre, sein.

Als sie ins Schloß zurückkam, begegnete sie Candide und errötete; Candide errötete gleichfalls. Sie grüßte ihn mit befangener Stimme; Candide antwortete, ohne zu wissen, was er sagte. Am nächsten Mittag, als man von Tisch aufstand, fanden sich Kunigunde und Candide hinter einer spanischen Wand. Kunigunde ließ ihr Taschentuch fallen; Candide hob es auf; sie nahm unschuldig seine Hand; der junge Mann küßte darauf ebenso unschuldig die des jungen Fräuleins, aber mit besonderer Lebhaftigkeit, Empfindung und Anmut. Ihre Lippen fanden sich, ihre Augen entbrannten, ihre Knie zitterten, ihre Hände verirrten sich. Da kam der Baron Thunder-ten-tronckh an der spanischen Wand vorbei, sah diese Ursache und diese Wirkung, versetzte Candide einige starke Fußtritte in den Hintern und jagte ihn aus dem Schloß. Kunigunde fiel in Ohnmacht. Sobald sie wieder bei sich war, bekam sie von der Frau Baronin ein paar Ohrfeigen; und alles war bestürzt in dem schönsten und angenehmsten aller möglichen Schlösser.

Zweites Kapitel

Was mit Candide bei den Bulgaren geschah

Der aus dem irdischen Paradies vertriebene Candide irrte lange umher, ohne zu wissen, wohin. Er weinte, hob die Augen zum Himmel und wandte sie oft zurück nach dem schönsten aller Schlösser, das die schönste aller Baronessen beherbergte. Ohne Abendessen legte er sich mitten im Felde zwischen zwei Furchen schlafen. Der Schnee fiel in großen Flocken. Völlig erstarrt, schleppte er sich am nächsten Morgen in die benachbarte Stadt, die Waldberg-hoff-trarbk-dickdorff heißt. Er hatte kein Geld und starb fast vor Hunger und Müdigkeit. Traurig blieb er vor der Tür eines Wirtshauses stehen. Zwei blaugekleidete Männer[1] erblickten ihn. »Kamerad,« sagte der eine, »da ist ein gutgebauter junger Mann, der die vorgeschriebene Größe hat.« Sie gingen auf Candide zu und luden ihn sehr höflich zum Mittagessen ein. – »Meine Herren,« sagte Candide mit reizender Bescheidenheit, »Sie erweisen mir eine große Ehre, aber ich habe nichts, um meine Zeche zu bezahlen.« – »Ach, mein Herr,« sagte einer der Blauen, »Leute Ihrer Figur und Ihrer Vorzüge zahlen nie etwas: haben Sie nicht fünf Fuß fünf Zoll Höhe?« – »Ja, meine Herren, dies ist meine Größe,« sagte er mit einer Verbeugung. – »Nehmen Sie Platz; wir werden Sie nicht nur freihalten, sondern überhaupt nicht zugeben, daß ein Mann wie Sie ohne Geld sei: die Menschen sind nur dazu da, um sich gegenseitig zu helfen.« – »Sie haben recht,« sagte Candide, »das hat mir auch Herr Pangloß immer gesagt; ich sehe wohl, daß alles aufs beste eingerichtet ist.« Man bittet ihn, einige Taler anzunehmen. Er nimmt sie und will eine Quittung ausstellen; die beiden erlauben es nicht. Man setzt sich zu Tisch. »Lieben Sie nicht von Herzen ...?« – »Oh ja,« antwortete er, »ich liebe Fräulein Kunigunde von Herzen.« – »Nein,« sagt der eine der Herren, »wir fragen Sie, ob Sie nicht den König der Bulgaren von Herzen lieben?« – »Durchaus nicht,« sagt er, »denn ich habe ihn nie gesehen.« – »Wie! Das ist der liebenswürdigste aller Könige, wir müssen auf seine Gesundheit trinken.« – »Sehr gern, meine Herren.« Und er trinkt. »Dies genügt,« sagten sie, »damit sind Sie Halt, Stütze, Verteidiger, Held der Bulgaren[2]; Ihr Glück ist gemacht, Ihr Ruhm ist gesichert.« Darauf werden ihm Fußeisen angelegt. Man führt ihn zum Regiment. Hier muß er rechtsum, linksum machen, mit dem Ladestock auf und ab exerzieren, zielen, schießen, Laufschritt üben, und man gibt ihm dreißig Stockprügel. Am nächsten Tage macht er die Übung etwas weniger schlecht; dafür erhält er nur zwanzig

---

[1] Preußische Werber.
[2] Die Bulgaren sind die Preußen.

Schläge; am übernächsten gibt man ihm nur zehn, und er wird von seinen Kameraden als Wunder angestaunt.

Candide war völlig betäubt. Er konnte noch nicht recht erkennen, wieso er ein Held sei. An einem schönen Frühlingstage fiel es ihm ein, spazierenzugehen, immer geradeaus, im Glauben, es sei Vorrecht der menschlichen so gut wie der tierischen Art, sich der Beine nach Belieben zu bedienen. Noch keine zwei Meilen hatte er hinter sich, als vier andere, sechs Fuß lange Helden ihn einholten, fesselten und in einen Kerker steckten. Vor dem Gericht wurde er gefragt, ob er vorzöge, sechsunddreißigmal vom ganzen Regiment durchgepeitscht zu werden oder ein Dutzend Bleikugeln auf einmal ins Gehirn zu bekommen. Er konnte gut sagen, der Wille sei frei und er wolle weder das eine noch das andere: er mußte eine Wahl treffen. Er entschloß sich, kraft jener Gabe Gottes, die man Freiheit nennt, sechsunddreißigmal Spießruten zu laufen: zwei Gänge hielt er aus. Das Regiment bestand aus zweitausend Mann. Das machte viertausend Peitschenhiebe, die ihm vom Nacken bis zum Hintern Muskeln und Sehnen bloßlegten. Als er den dritten Gang antreten sollte, konnte er nicht mehr. Er erbat sich als Gnade, man möge die Güte haben, ihm den Kopf zu zerschmettern: diese Gnade gewährte man ihm. Man verbindet ihm die Augen; man läßt ihn niederknien. In diesem Augenblick kommt der König der Bulgaren vorbei und erkundigt sich nach dem Verbrechen des armen Sünders; und da dieser König[3] ein großes Genie war, erkannte er, nach allem, was er über Candide hörte, daß hier ein junger Metaphysiker war, der nichts von den Dingen dieser Welt verstand. Er begnadigte ihn mit einer Großmut, die in allen Blättern und in allen Jahrhunderten gelobt werden wird. Ein biederer Wundarzt heilte Candide in drei Wochen mit den von Dioscorides eingeführten Linderungsmitteln. Er hatte schon wieder etwas Haut und konnte gehen, als der König der Bulgaren dem König der Abaren eine Schlacht lieferte.

Drittes Kapitel

Wie Candide den Bulgaren entkam und was aus ihm wurde

Nichts war so schön, so beweglich, so glänzend ausgerüstet und so wohlgeordnet wie die beiden Heere. Trompeten, Pfeifen, Hoboen, Trommeln und Kanonen schlugen zu einer Harmonie zusammen, wie es niemals in der Hölle eine gab. Zunächst warfen die Kanonen etwa sechstausend Mann auf jeder Seite nieder. Darauf kam

---

[3] Friedrich II.

Musketenfeuer und befreite diese beste aller Welten von ungefähr neun- bis zehntausend Schurken, die ihre Oberfläche verpesteten. Ebenso wurde das Bajonett zureichender Grund für den Tod einiger tausend Menschen. Das Ganze mochte sich wohl auf etwa dreißigtausend Seelen belaufen. Candide, der wie ein Philosoph zitterte, versteckte sich, so gut er konnte, während dieser heroischen Schlächterei.

Indessen die beiden Könige, jeder in seinem Lager, ein Tedeum singen ließen, entschloß er sich, an einem andern Ort über Wirkung und Ursache nachzudenken. Er stieg über Haufen von Toten und Sterbenden und erreichte zunächst das benachbarte Dorf; es lag in Asche. Es war ein abarisches Dorf, das die Bulgaren nach dem Völkerrecht in Brand gesteckt hatten. Hier sahen von Stichen bedeckte Greise ihre gewürgten Frauen mit ihren Kindern an den blutenden Brüsten hinsterben; dort stießen junge Mädchen, mit aufgerissenem Leib, nachdem sie die natürlichen Bedürfnisse einiger Helden befriedigt hatten, die letzten Seufzer aus; andere, halbverbrannte, schrien, man solle ihnen den Gnadenstoß geben. Hirnmassen lagen umher neben abgeschnittenen Armen und Beinen.

Candide floh, so schnell er konnte, in ein anderes Dorf: es gehörte den Bulgaren, und die abarischen Helden hatten es genau so behandelt. Immer über zuckende Glieder oder durch ein Ruinenfeld dahinschreitend, gelangte Candide endlich außerhalb des Kriegstheaters. Im Rucksack hatte er etwas Mundvorrat. Seine Gedanken waren ununterbrochen bei Kunigunde. In Holland gingen seine Vorräte aus; da er aber gehört hatte, daß in diesem Lande jedermann reich, und daß es ein Christenland sei, zweifelte er nicht, daß man ihn ebenso gut behandeln würde wie im Schlosse des Herrn Barons, bevor er um Fräulein Kunigundes schöner Augen willen weggejagt worden war.

Er bat mehrere würdige Personen um Almosen. Sie antworteten ihm alle, wenn er fortführe, dieses Handwerk zu treiben, würde man ihn in eine Besserungsanstalt stecken, um ihm Lebensart beizubringen.

Darauf wandte er sich an einen Mann, der eben eine Stunde hintereinander vor einer großen Versammlung über die Barmherzigkeit gesprochen hatte[4]. Dieser Redner sah ihn von der Seite an und sagte: »Was wollen Sie hier? Hat Sie die gute Sache hergeführt?« – »Es gibt keine Wirkung ohne Ursache,« antwortete Candide bescheiden; »alles ist notwendig verknüpft und aufs beste eingerichtet. Es war notwendig, daß ich aus Fräulein Kunigundes Nähe verjagt wurde, daß ich Spießruten lief, wie es jetzt notwendig ist, daß ich um Brot bitte, bis ich welches erwerben kann; all dies könnte gar

---

[4] Protestantischer Geistlicher.

nicht anders sein.« – »Mein Freund,« sagte der Prediger, »glauben Sie, daß der Papst der Antichrist ist?« – »Ich habe noch nichts davon gehört,« antwortete Candide; »aber ob er es ist oder nicht, ich habe kein Brot.« – »Du verdienst nicht, welches zu essen«, versetzte der andere; »mach, daß du wegkommst, Schurke, Elender, wenn dir dein Leben lieb ist, komm mir nicht zu nah!« Die Frau des Redners hatte den Kopf aus dem Fenster gesteckt, sah einen Mann, der zweifelte, daß der Papst Antichrist sei, und schüttete ihm einen vollen ... aufs Haupt. O Himmel! Zu welchen Taten versteigt sich der religiöse Eifer bei den Damen! –

Ein Mann, der nicht getauft worden war, ein biederer Anabaptist namens Jakob, sah, wie grausam und schmählich hier einer seiner Brüder behandelt wurde, ein Wesen auf zwei Beinen ohne Federn, das eine Seele hatte. Er nahm ihn mit nach Hause, säuberte ihn, gab ihm Brot, Bier und zwei Gulden und wollte ihn sogar in seiner Fabrik von persischen, in Holland hergestellten Stoffen in die Lehre nehmen. Candide warf sich beinahe auf den Boden vor ihm und rief: »Meister Pangloß hat es mir ja gesagt, daß alles aufs beste bestellt ist in dieser Welt; Ihre außerordentliche Großmut bewegt mich mehr als die Härte des Herrn mit dem schwarzen Überrock und seiner Frau Gemahlin.«

Am nächsten Tage begegnete ihm beim Spazierengehen ein mit Eiterausschlag bedeckter Bettler; seine Augen waren erloschen, die Nasenspitze angefressen, der Mund schief gezogen, die Zähne schwarz. Er sprach nur in Kehllauten, war von heftigem Husten gefoltert und spie bei jedem Anfall einen Zahn aus.

Viertes Kapitel

*Wie Candide seinen früheren Philosophielehrer,
den Doktor Pangloß traf und was darauf geschah*

Candide, der noch mehr von Mitleid als von Schrecken ergriffen war, gab diesem furchtbaren Bettler die beiden Gulden, die er von seinem guten Anabaptisten Jakob erhalten hatte. Das Gespenst starrte ihn an, brach in Tränen aus und sprang ihm plötzlich an den Hals. Der erschrockene Candide weicht zurück. »Ach!« sagt der eine Elende zum andern Elenden, »erkennst du deinen lieben Pangloß nicht mehr?« – »Was höre ich? Sie, mein teurer Lehrer in diesem schrecklichen Zustande? Welches Unglück ist Ihnen denn geschehen? Warum sind Sie nicht mehr im schönsten aller Schlösser? Was ist aus Fräulein Kunigunde, der Perle der Mädchen, dem Meisterwerk der Natur, geworden?« – »Ich kann nicht mehr«, sagte Pangloß. Sofort führte Candide ihn in den Stall des Anabaptisten, wo er ihm etwas Brot zu essen gab. Als Pangloß sich erholt hatte, fragte er ihn: »Nun, Kunigunde?« – »Sie ist tot«, versetzte der andere. Bei diesem Wort wurde Candide ohnmächtig. Sein Freund brachte ihn mit etwas schlechtem Essig, der sich zufällig im Stalle fand, wieder zur Besinnung. Candide öffnet die Augen. »Kunigunde ist tot! Oh! beste aller Welten, wo bist du? Doch – an welcher Krankheit ist sie gestorben? Vielleicht gar daran, daß sie sah, wie ich von dem schönen Schloß ihres Herrn Vaters mit Fußtritten weggejagt wurde?« – »Nein,« sagte Pangloß, »sie ist von bulgarischen Soldaten aufgeschlitzt worden, nachdem sie so sehr, wie man es nur sein kann, vergewaltigt worden ist. Dem Herrn Baron, der sie verteidigen wollte, schlugen sie den Kopf ein; die Frau Baronin wurde in Stücke geschnitten; mein armer Zögling genau wie seine Schwester behandelt. Was das Schloß betrifft, so ist nicht ein Stein auf dem andern geblieben; keine Scheune, kein Hammel, keine Ente, kein Baum ist übrig. Aber wir sind gerächt worden, denn die Abaren haben dasselbe auf einem benachbarten Herrensitz getan, der einem bulgarischen Junker gehörte.«

Bei dieser Unterhaltung wurde Candide wieder ohnmächtig. Als er zu sich gekommen war und alles gesagt hatte, was zu sagen war, fragte er nach der Ursache, der Wirkung und dem zureichenden Grund, die Pangloß in solch einen bejammernswerten Zustand versetzt hatten. »Ach,« sagte dieser, »es ist die Liebe. Die Liebe, die Trösterin der Menschen, die Erhalterin des Weltalls, die Seele aller fühlenden Wesen, die zärtliche Liebe.« – »Ach,« sagte Candide, »ich lernte sie kennen, diese Liebe, die Herrscherin der Herzen, die Seele unserer Seele. Sie hat mir noch nichts eingebracht als einen Kuß und zwanzig Fußtritte in den Hintern. Wie konnte diese schöne Ursache solch eine furchtbare Wirkung an Ihnen hervorbringen?«

Pangloß antwortete mit diesen Worten: »O mein lieber Candide, du hast Paquette gekannt, die hübsche Zofe unserer erhabenen Baronin. Ich habe in ihren Armen die Freuden des Paradieses genossen, die mir die Höllenqualen eingebracht haben, von denen du mich verzehrt siehst; sie war davon angesteckt und ist vielleicht daran gestorben. Paquette erhielt dieses Geschenk von einem sehr gelehrten Franziskaner, der auf die Quelle zurückgegangen war, denn er hatte es von einer alten Gräfin, die es von einem Kavalleriehauptmann bekommen hatte, der es einer Marquise verdankte, die es von einem Pagen besaß, der es von einem Jesuiten empfangen hatte, der es als Novize in gerader Linie von einem Gefährten des Christoph Kolumbus erhalten hat. Was mich betrifft, so werde ich es an niemanden weitergeben, denn ich sterbe.«

»O Pangloß,« rief Candide, »das ist ein seltsamer Stammbaum! Ist nicht der Teufel der Urahne?«

»Keineswegs,« versetzte der große Mann. »Diese Krankheit war etwas Unentbehrliches in der besten aller Welten, ein notwendiger Bestandteil: denn hätte nicht Kolumbus von einer amerikanischen Insel diese Krankheit sich geholt, welche die Quelle der Zeugung vergiftet, oft sogar die Zeugung selber verhindert, und welche offenbar das Gegenteil des großen Zieles der Natur ist, so würden wir weder Schokolade noch Cochenille haben. Auch muß man bedenken, daß bis heute diese Krankheit eine Eigenheit unseres Kontinentes ist wie die gelehrten Streitigkeiten. Die Türken, Inder, Perser, Chinesen, Siamesen und Japaner kennen sie noch nicht; aber es ist zureichender Grund vorhanden, daß sie sie in ein paar Jahrhunderten kennenlernen werden. Inzwischen hat sie bei uns wunderbare Fortschritte gemacht; besonders in jenen großen Heeren, die aus biederen, guterzogenen Söldnern zusammengesetzt sind und das Schicksal der Staaten entscheiden. Man kann sicher sein, daß unter dreißigtausend Mann, die in Schlachtordnung gegen ein gleich großes Heer stehen, ungefähr zwanzigtausend Verseuchte sind.«

»Das ist merkwürdig,« sagte Candide. »Aber Sie müssen geheilt werden.«

»Wie sollte ich dies bewerkstelligen?« sagte Pangloß, »ich habe keinen Heller, mein Freund, und im ganzen Umkreis dieser Erdkugel kann man weder einen Aderlaß noch ein Klistier bekommen, ohne zu zahlen oder ohne daß jemand für uns zahlt.«

Dieser letzte Satz bestimmte Candide. Er warf sich zu Füßen seines barmherzigen Anabaptisten Jakob und gab ihm eine so rührende Schilderung von dem Zustande seines Freundes, daß der gute Mann nicht zögerte und den Doktor Pangloß aufnahm. Er ließ ihn auf seine Kosten heilen. Pangloß verlor bei der Kur nur ein Auge und ein Ohr. Er schrieb gut und war ein vollendeter Rechner. Der Anabaptist Jakob machte ihn zu seinem Buchhalter. Als er nach zwei Monaten in Handelsgeschäften nach Lissabon reisen mußte, nahm er seine beiden Philosophen mit auf sein Schiff. Pangloß erklärte ihm, wie alles in dieser Welt aufs beste eingerichtet sei. Jakob war nicht dieser Meinung. »Es scheint doch,« sagte er, »daß die Menschen die Natur ein wenig verdorben haben, denn sie sind nicht als Wölfe geboren und sind Wölfe geworden. Gott hat ihnen weder vierundzwanzigpfündige Kanonen noch Bajonette mitgegeben; aber sie haben Bajonette und Kanonen hergestellt, um sich gegenseitig zu vernichten. Ich könnte auch die Bankerotte anführen und das Gericht, das sich des Vermögens der Bankerotteure bemächtigt, um die Gläubiger darum zu betrügen.« – »Dies alles war notwendig,« versetzte der einäugige Doktor; »das allgemeine Wohl ist gebildet aus dem Unglück des einzelnen, so daß das Ganze sich desto wohler befindet, je mehr Unglück im einzelnen vorkommt.« Während er so philosophierte, verdunkelte sich die Luft, die

Winde bliesen aus allen vier Ecken der Welt, und das Schiff wurde – angesichts des Hafens von Lissabon – von dem furchtbarsten Sturm überfallen.

Fünftes Kapitel

Sturm, Schiffbruch, Erdbeben und was mit dem Doktor Pangloß, Candide und dem Anabaptisten Jakob geschah

Alle Passagiere waren schwach und fühlten sich dem Tode nahe durch den seltsamen Aufruhr der Angst, den das Rollen eines Schiffes in den Nerven und den durcheinandergerüttelten Körpersäften bewirkt. Der einen Hälfte fehlte sogar die Kraft, sich über die Gefahr zu beunruhigen. Die andere schrie und betete. Die Segel waren zerrissen, die Masten gebrochen, das Schiff gespalten. Manche versuchten zu helfen, niemand verstand sich, niemand befahl. Der Anabaptist half auch ein wenig bei den Rettungsarbeiten. Er war auf Deck. Plötzlich versetzt ihm ein wütender Matrose einen rohen Schlag und streckt ihn zu Boden. Aber dieser Schlag brachte eine so heftige Erschütterung mit sich, daß der Matrose selber, den Kopf voran, über Bord fiel. Er blieb an einem Stücke des zerbrochenen Mastes hängen und hielt sich fest. Der gute Jakob springt ihm bei, zieht ihn herauf und stürzt bei dieser Anstrengung vor den Augen des Matrosen ins Meer, was dieser ruhig geschehen ließ, ohne ihn auch nur eines Blickes zu würdigen. Candide kommt dazu, sieht seinen Wohltäter in einem Nu wieder auftauchen und dann für immer verschwinden. Er will sich ihm ins Meer nachstürzen. Der Philosoph Pangloß hindert ihn daran, indem er ihm beweist, daß die Reede von Lissabon eigens dazu erschaffen worden sei, damit der Anabaptist hier ertränke. Während er dies a priori bewies, birst das Schiff entzwei. Alles geht unter außer Pangloß, Candide und dem brutalen Matrosen, der den tugendhaften Anabaptisten ertränkt hatte: der Schurke schwamm glücklich bis zum Ufer; Pangloß und Candide wurden auf einem Brett dorthin getragen.

Als sie ein wenig zu sich gekommen waren, machten sie sich auf den Weg nach Lissabon. Sie hatten noch etwas Geld, mit dem sie sich vor dem Hunger zu retten hofften, nachdem sie dem Sturm entgangen waren.

Kaum haben sie unter Tränen über den Tod ihres Wohltäters den Fuß in die Stadt gesetzt, als sie die Erde unter ihren Schritten beben fühlen.[5] Das Meer erhebt sich brausend im Hafen und zerschellt alle Schiffe, die vor Anker liegen. Flammen- und Aschenwirbel hüllen Straßen und öffentliche Plätze ein, die Häuser brechen zusammen, die Dächer stürzen auf die Fundamente, und die Fundamente bersten. Dreißigtausend Einwohner jedes Alters und Geschlechtes werden unter den Trümmern zermalmt. Pfeifend und fluchend rief der Matrose; »Hier wird es etwas zu holen geben.« – »Welches mag der zureichende Grund für dieses Phänomen sein?« fragte Pangloß. – »Dies ist der Weltuntergang«, rief Candide. Der Matrose läuft sofort zwischen den Trümmern umher, trotzt dem Tode, um Geld zu finden, findet welches, berauscht sich, schläft seinen Rausch aus und erkauft sich die Gunst des ersten besten gefälligen Mädchens, das er zwischen den Ruinen der zerstörten Häuser, mitten unter Toten und Sterbenden, antrifft. Pangloß zupfte ihn am Ärmel und sagte: »Mein Freund, das ist nicht recht, Ihr sündiget an der göttlichen Vernunft und nehmt Eure Zeit schlecht wahr.« – »Rindvieh,« antwortete der andere; »ich bin Matrose und in Batavia geboren. Ich habe auf vier Reisen nach Japan viermal das Kreuz niedergetreten. Du hast deinen Mann gut gewählt für deine göttliche Vernunft.«

Herabfallende Steinsplitter hatten Candide verwundet; er lag unter Trümmern auf der Straße und sagte zu Pangloß: »Ach! verschaffe mir ein wenig Wein und Öl; ich sterbe.« »Dieses Erdbeben ist nichts Neues,« sagte Pangloß; »die Stadt Lima in Amerika erlitt dieselben Erschütterungen im vorigen Jahre. Dieselben Ursachen, dieselben Wirkungen. Es gibt sicher eine unterirdische Schwefelader von Lima bis Lissabon.« – »Nichts ist wahrscheinlicher,« sagte Candide; »aber um Gottes willen etwas Öl und Wein.« – »Wie, wahrscheinlicher?« versetzte der Philosoph; »ich behaupte, daß die Sache bewiesen ist.« Candide verlor die Besinnung, und Pangloß brachte ihm ein wenig Wasser von einem nahen Brunnen.

Nachdem sie am nächsten Tage, zwischen den Trümmern umherrutschend, ein bißchen Mundvorrat gefunden hatten, kamen sie wieder etwas zu Kräften. Darauf arbeiteten sie wie die anderen, um den dem Tode entronnenen Einwohnern zu helfen. Einige Bürger, denen sie beigestanden hatten, gaben ihnen ein so gutes Mahl, wie es bei solch einem Unglück nur möglich war. Zwar ging es traurig zu; die Speisenden benetzten ihr Brot mit Tränen, aber Pangloß tröstete sie, indem er versicherte, die Dinge könnten gar nicht anders sein. »Denn«, sagte er, »all dieses ist aufs beste

---

[5] Das Erdbeben von Lissabon am 1. November 1755.

eingerichtet; wenn ein Vulkan in Lissabon ist, konnte er nirgend anders sein; es ist unmöglich, daß die Dinge nicht da sind, wo sie sind. Denn alles ist gut.«

Ein kleiner schwarzer Mann, ein Vertrauter der Inquisition, der neben ihm saß, bat höflich ums Wort und sagte: »Offenbar glaubt der Herr nicht an die Erbsünde; denn wenn alles gut wäre, gäbe es weder Sündenfall noch Verdammnis.« – »Ich bitte Eure Exzellenz ergebenst um Verzeihung,« antwortete Pangloß noch höflicher, »der Sündenfall und die Verdammnis kamen notwendigerweise in die beste aller möglichen Welten.« – »Der Herr glaubt also nicht an die Freiheit des Willens?« sagte der Vertraute der Inquisition. – »Eure Exzellenz werden entschuldigen,« versetzte Pangloß, »die Willensfreiheit verträgt sich mit der absoluten Notwendigkeit; denn es war notwendig, daß wir frei wurden, da der vorausbestimmte Wille ...« Pangloß war mitten in seinem Satz, als der Inquisitionsvertraute seinem Diener, der ihm Wein aus Porto oder Oporto einschenkte, ein Zeichen gab.

Sechstes Kapitel

Wie man, um Erdbeben zu verhindern, ein schönes Autodafé veranstaltete und Candide verprügelt wurde

Nach dem Erdbeben, das dreiviertel von Lissabon zerstört hatte, wußten die Weisen des Landes kein wirksameres Mittel, um eine vollständige Zerstörung zu verhüten, als dem Volke ein schönes Autodafé[6] zu geben. Die Universität Coïmbra hatte sich dahin geäußert, daß das feierliche Schauspiel einiger bei kleinem Feuer schmorender Menschen ein unfehlbares Mittel sei, um die Erde am Beben zu hindern.

Man hatte demgemäß einen Biskayer ergriffen, der überführt war, seine Gevatterin geheiratet zu haben, und zwei Portugiesen, die beim Essen eines Huhnes das Fett entfernt hatten. Nach jenem Mahle kam man zum Doktor und seinem Zöglinge Candide, um sie zu fesseln, den einen, weil er gesprochen, den andern, weil er mit beifälliger Miene zugehört hatte. Beide wurden getrennt in Räume von äußerster Kühle geführt, in denen die Sonne einen nie belästigte. Acht Tage später wurden sie beide mit einem Sterbehemd bekleidet und ihre Köpfe mit Papiermützen geschmückt. Candides Hemd und Mütze waren mit umgekehrten Flammen und mit Teufeln bemalt, die weder Schwänze noch Krallen hatten, wogegen auf Pangloß' Mütze die Teufel Krallen und Schwänze besaßen und alle Flammen in die Höhe standen. So gekleidet gingen sie in

---

[6] Nach dem Erdbeben von Lissabon am 20. Juni 1756 veranstaltete man in der Tat ein Autodafé.

Prozession und hörten eine pathetische Predigt, der eine summende Musik folgte. Candide bekam während des Gesanges Prügel im Takt. Der Biskayer und die beiden Männer, die kein Fett hatten essen wollen, wurden verbrannt, Pangloß wurde gehängt, obgleich dies nicht Sitte war. Am selben Tag bebte die Erde von neuem mit furchtbarem Getöse.

Candide war erschüttert, bestürzt, verwirrt, mit Blut bedeckt und zitterte. Er sagte sich: »Wenn dies die beste aller möglichen Welten ist, wie sind dann die anderen? Es mag noch hingehen, daß ich gepeitscht wurde, ich kenne das schon von den Bulgaren. Aber mein teurer Pangloß, größter aller Philosophen! mußte ich dich hängen sehen, ohne zu wissen, warum? Und du, mein geliebter Anabaptist, bester aller Menschen! war es nötig, daß du im Hafen untergingst? Ach! und Fräulein Kunigunde, Perle aller Mädchen, warum mußte dein Leib aufgeschlitzt werden?«

So schleifte er sich fort, durch die Predigt vermahnt und geprügelt, absolviert und gesegnet, als eine Alte ihn anhielt und sagte: »Mein Sohn, fasse Mut und folge mir.«

Siebentes Kapitel

Wie sich die Alte Candides annahm
und wie er das, was er liebte, wiederfand

Candide faßte zwar keinen Mut, aber er folgte der Alten in eine verfallene Hütte. Sie brachte ihm einen Topf mit Salbe zum Einreiben, ließ ihm zu essen und zu trinken da und zeigte auf ein kleines, ziemlich sauberes Bett und einen vollständigen Anzug, der bei dem Bette lag. »Esset, trinket, schlafet,« sagte sie, »mögen unsere liebe Frau von Atocha, der heilige Antonius von Padua und der heilige Jakob von Compostella Euch schützen! Ich werde morgen wiederkommen.« Candide, der immer noch erstaunt war über alles, was er gesehen und gelitten, und noch mehr über die Barmherzigkeit der Alten, wollte ihr die Hand küssen. »Nicht meine Hand sollen Sie küssen,« sagte sie, »ich komme morgen wieder. Reiben Sie sich ein, essen Sie und schlafen Sie.«

Trotz so vieler Leiden aß Candide; dann schlief er ein. Am nächsten Tage bringt die Alte ihm Frühstück, untersucht seinen Rücken, reibt ihn mit einer anderen Salbe ein, bringt ihm ein Mittag- und später ein Abendessen. Am übernächsten Tag wiederholt sie alles. »Wer seid Ihr?« sagte Candide immer von neuem, »wer hat Euch zu solcher Güte veranlaßt? Welchen Dank kann ich leisten?« Die gute Frau antwortete nichts. Am Abend kam sie ohne Essen wieder und sagte: »Kommen Sie mit mir und sprechen Sie kein Wort.« Sie nimmt ihn unter den Arm und geht mit ihm ungefähr eine viertel

Meile über Land. Sie kommen an ein einsames, von Gärten und Kanälen umgebenes Haus. Die Alte klopft an eine kleine Tür. Man öffnet. Sie führt Candide über eine geheime Treppe in ein vergoldetes Zimmer, weist ihm ein Brokatsofa, schließt die Türe und geht fort. Candide glaubte zu träumen. Er empfand sein ganzes Leben wie einen verhängnisvollen, diesen Augenblick aber wie einen angenehmen Traum.

Die Alte erschien bald wieder. Mit Mühe hielt sie eine zitternde Frau aufrecht, von majestätischer Gestalt, die von Edelsteinen strahlte und mit einem Schleier verhüllt war. »Nehmen Sie den Schleier weg«, sagte die Alte zu Candide. Der junge Mann nähert sich und hebt mit schüchterner Hand den Schleier. Welcher Augenblick! Welche Überraschung! Er glaubt, Fräulein Kunigunde zu sehen. Und er sah sie in der Tat! Sie selber war es. Seine Kraft verläßt ihn, er kann kein Wort hervorbringen, er fällt zu ihren Füßen nieder. Kunigunde sinkt auf das Sofa. Die Alte besprengt sie mit Essenzen, sie kommen zu sich. Dann sprechen sie: zuerst nur abgebrochene Worte, Fragen und Antworten, die sich kreuzen, Seufzer, Tränen, Schreie. Die Alte empfiehlt ihnen, weniger laut zu sein, und läßt sie allein. »Wie, Sie sind es?« sagte Candide; »Sie leben, in Portugal finde ich Sie wieder! Man hat Sie also nicht vergewaltigt, Ihnen nicht den Leib aufgeschlitzt, wie mir der Philosoph Pangloß versichert hatte?« – »Doch,« antwortete die schöne Kunigunde, »aber man stirbt nicht immer an diesen beiden Unfällen.« – »Aber Ihr Vater, Ihre Mutter, sind sie getötet worden?« – »Dies ist nur zu wahr«, sagte Kunigunde unter Weinen. – »Und Ihr Bruder?« – »Auch mein Bruder ist tot.« – »Und warum sind Sie in Portugal? Wie haben Sie erfahren, daß ich hier bin? Welches seltsame Abenteuer hat Sie veranlaßt, mich in dieses Haus bringen zu lassen?« – »Ich werde Ihnen alles erzählen,« versetzte die Dame; »zuerst aber müssen Sie mir alles mitteilen, was Ihnen geschah, seit dem unschuldigen Kuß, den Sie mir gaben, und den Fußtritten, die Sie dafür erhielten.«

Candide gehorchte in tiefer Ergebenheit. Obgleich er tief erregt und seine Stimme schwach und zitternd war, obgleich sein Rückgrat ihn noch schmerzte, erzählte er auf die einfachste Art, was er seit dem Augenblicke ihrer Trennung erlebt hatte. Kunigunde erhob die Augen zum Himmel; sie weinte über den Tod des guten Anabaptisten und des Doktors Pangloß. Darauf sprach sie folgendermaßen zu Candide, der kein Wort verlor und sie mit den Augen verschlang.

Achtes Kapitel

Geschichte Kunigundes

»Ich lag in meinem Bette und schlief fest, als es dem Himmel gefiel, die Bulgaren in unser schönes Schloß Thunder-ten-tronckh zu schicken. Sie erwürgten meinen Vater und meinen Bruder und schnitten meine Mutter in Stücke. Ein großer, sechs Fuß hoher Bulgare sah, daß ich bei diesem Anblick die Besinnung verloren hatte, und machte Anstalt, mich zu vergewaltigen. Dies brachte mich zu mir, ich schrie, wehrte mich, biß, kratzte und wollte diesem riesigen Bulgaren die Augen ausreißen, Ich wußte nicht, daß alles, was im Schlosse meines Vaters geschah, ein gewöhnlicher Brauch war. Der Rohling versetzte mir einen Messerstich in die linke Hüfte, dessen Narbe ich heute noch trage.« – »Ach! Wie ich hoffe, sie zu sehen!« rief der einfältige Candide. – »Sie werden sie sehen,« sagte Kunigunde; »aber lassen Sie mich fortfahren.« – »Fahren Sie fort«, sagte Candide.

Sie nahm den Faden der Erzählung wieder auf: »Ein bulgarischer Hauptmann trat ein und sah mich blutend liegen. Der Soldat ließ sich nicht stören. Der Hauptmann geriet in Zorn über den Mangel an Achtung, den der brutale Mensch ihm bewies, und tötete ihn auf meinem Körper. Dann ließ er mich verbinden und nahm mich als Kriegsgefangene in sein Quartier. Ich wusch seine paar Hemden und kochte für ihn. Er fand mich sehr hübsch, das muß ich gestehen; auch leugne ich nicht, daß er sehr gut gebaut war und eine weiße, zarte Haut hatte. Im übrigen besaß er wenig Geist und wenig Philosophie: man sah wohl, daß er nicht vom Doktor Pangloß erzogen worden war. Nach drei Monaten, als er sein ganzes Geld verloren hatte und meiner satt war, verkaufte er mich an einen Juden namens Don Isaschar, der in Holland und Portugal Handelsgeschäfte trieb und Frauen leidenschaftlich liebte. Dieser Jude bemühte sich sehr um mich, aber er bekam den erwünschten Lohn nicht. Ich habe ihm besser widerstanden als dem bulgarischen Soldaten. Eine tugendhafte Frau kann einmal vergewaltigt werden, aber ihre Tugend befestigt sich dadurch. Um mich willig zu machen, ließ der Jude mich in dieses Landhaus bringen, Ich hatte bis dahin geglaubt, es gäbe auf der Welt nichts so Schönes wie das Schloß Thunder-ten-tronckh; aber ich habe mich getäuscht.

Eines Tages bemerkte mich der Großinquisitor in der Messe. Er betrachtete mich lange durchs Lorgnon und ließ mir sagen, er habe in geheimen Angelegenheiten mit mir zu reden. Ich wurde in seinen Palast geführt; ich entdeckte ihm meine Herkunft. Er stellte mir vor, wie sehr es unter meiner Würde sei, einem Israeliten zu gehören.

Don Isaschar wurde der Vorschlag gemacht, mich an Seine Eminenz abzutreten. Don Isaschar, der Hofbankier und Mann von Einfluß ist, wollte nicht darauf eingehen. Der Inquisitor drohte ihm mit einem Autodafé. Endlich schloß mein Jude, eingeschüchtert, einen Handel ab, wonach das Haus und ich allen beiden gemeinsam gehören solle. Der Jude bekam Montag, Mittwoch und den Sabbat, der Inquisitor die anderen Tage der Woche. Diese Abmachung besteht seit sechs Monaten. Es ging nicht ohne Streitigkeiten ab; denn oft war es unbestimmt, ob die Nacht vom Samstag auf den Sonntag dem alten oder dem neuen Testament gehöre. Was mich betrifft, so habe ich bis jetzt beiden widerstanden; ich glaube, dies ist der Grund, warum ich immer noch geliebt worden bin.

Schließlich gefiel es dem Herrn Großinquisitor, ein Autodafé zu veranstalten, einmal um die Geißel des Erdbebens abzuwenden, dann um Don Isaschar einzuschüchtern. Er erwies mir die Ehre einer Einladung zu diesem Schauspiel. Ich bekam einen sehr guten Platz; zwischen der Messe und der Verbrennung bot man den Damen Erfrischungen an. Ich wurde, der Wahrheit gemäß, von Entsetzen ergriffen, als ich die beiden Juden und den biederen Biskayer, der seine Gevatterin geheiratet hatte, verbrennen sah. Aber wie groß war meine Überraschung, mein Schrecken, meine Verwirrung, als ich eine Gestalt in Sterbehemd und Mütze erblickte, die dem Pangloß glich! Ich rieb mir die Augen, sah genau hin, sah ihn hängen und fiel in Ohnmacht. Kaum war ich wieder zu mir gekommen, als ich Sie, völlig nackt, erblickte; dies war der Gipfel des Entsetzens, der Bestürzung, des Schmerzes und der Verzweiflung. Der Wahrheit gemäß muß ich Ihnen sagen, daß Ihre Haut noch weißer und von noch vollendeterem Rosenrot ist als die des bulgarischen Hauptmannes. Dieser Anblick verdoppelte alle Gefühle, die mich bedrückten und zerrissen. Ich wollte schreien, rufen: ›Haltet ein, Barbaren!‹ Aber ich brachte keinen Laut hervor, und meine Rufe wären auch vergebens gewesen. Als man Sie gehörig gepeitscht hatte, fragte ich mich: Wie kommt es, daß der liebenswürdige Candide und der weise Pangloß sich in Lissabon befinden, der eine, um hundert Peitschenhiebe zu bekommen, der andere, um auf Befehl des Großinquisitors, dessen Geliebte ich bin, gehängt zu werden? Pangloß hat mich also grausam getäuscht, als er mir sagte, daß alles aufs beste eingerichtet sei in dieser Welt!

Bewegt und bestürzt, bald außer mir vor Aufregung, bald nahe daran, vor Schwäche zu sterben, sah ich vor mir die Ermordung meines Vaters, meiner Mutter, meines Bruders; die Unverschämtheit des abscheulichen bulgarischen Soldaten und den Messerstich, den er mir versetzte; die Zeit meiner Dienste als Magd und Köchin bei dem bulgarischem Hauptmann; meinen häßlichen Don Isaschar, meinen scheußlichen Inquisitor, den aufgehängten Doktor Pangloß, ich hörte das große Miserere im

Brummbaß, während Sie gepeitscht wurden, vor allem aber erinnerte ich mich an den Kuß, den ich Ihnen hinter dem Wandschirm gegeben hatte, an jenem Tage, da ich Sie zum letzten Male sah. Ich pries Gott, daß er Sie nach so viel Prüfungen zu mir geführt hatte. Ich befahl meiner Alten, Sie zu pflegen und hierher zu bringen, sobald es möglich sei. Sie hat meinen Auftrag gut ausgeführt. Ich habe die unaussprechliche Freude gekostet, Sie wiederzusehen, zu hören, zu sprechen. Sie müssen einen verzehrenden Hunger haben; auch ich habe starken Appetit; lassen Sie uns zu Abend essen.«

Sie setzen sich zu Tisch. Nach dem Essen gehen sie wieder zu dem schönen Sofa, von dem schon gesprochen wurde. Dort waren sie, als Don Isaschar, einer der Herren des Hauses, erschien. Es war Sabbat. Er kam, um seine Rechte auszuüben und seine zärtliche Liebe zu erklären.

Neuntes Kapitel

Was mit Kunigunde, Candide, dem Großinquisitor und einem Juden geschah

Dieser Isaschar war der cholerischste Hebräer, den man seit der babylonischen Gefangenschaft in Israel sah. »Wie,« rief er, »Hündin von einer Galiläerin, der Inquisitor genügt also noch nicht? Dieser Schurke soll auch noch mit mir teilen?« – Bei diesen Worten zieht er einen langen Dolch heraus, den er immer bei sich trug, und stürzt sich auf Candide, den er ohne Waffen glaubte. Unser guter Westfale hatte jedoch von der Alten zugleich mit dem Anzug einen schönen Degen bekommen. Trotz seiner sanften Natur zieht er ihn aus der Scheide und streckt den Israeliten tot auf die Fliesen vor die schöne Kunigunde hin.

»Heilige Jungfrau,« rief sie, »was soll aus uns werden? Ein Mann bei mir getötet! Wenn die Polizei kommt, sind wir verloren.« – »Wenn Pangloß nicht gehängt worden wäre,« sagte Candide, »würde er uns in dieser Not einen guten Rat geben, denn er war ein großer Philosoph. Da er uns fehlt, wollen wir die Alte fragen.« Sie war sehr klug und fing gerade an, ihre Ansicht zu sagen, als eine andere kleine Türe sich öffnete. Es war eine Stunde nach Mitternacht, der Anfang des Sonntags. Dieser Tag gehörte dem Herrn Großinquisitor. Er trat ein, sah den geprügelten Candide mit dem Degen in der Hand, einen Toten auf dem Boden ausgestreckt, Kunigunde in größter Bestürzung und die Ratschläge erteilende Alte.

In diesem Augenblick ging in der Seele Candides folgendes vor; er philosophierte: »Wenn dieser heilige Mann Hilfe herbeiruft, wird er mich unfehlbar verbrennen lassen und vielleicht auch Kunigunde; er hat mich unbarmherzig peitschen lassen; er ist mein Nebenbuhler; ich bin schon im Zuge zu töten; es gibt kein Schwanken.« Diese Überlegung geschah klar und schnell. Ohne dem Inquisitor Zeit zu lassen, sich von seiner Überraschung zu erholen, bohrt er ihn durch und durch und wirft ihn neben den Juden. »Das ist nun der Zweite,« rief Kunigunde, »wir werden ohne Gnade exkommuniziert werden; unsere letzte Stunde hat geschlagen! Wie konnten Sie mit Ihrem sanften Herzen innerhalb zweier Minuten einen Juden und einen Priester töten?« – »Mein schönes Fräulein,« antwortete Candide, »wenn man verliebt, eifersüchtig und von der Inquisition durchgepeitscht worden ist, kennt man sich nicht mehr.«

Nun nahm die Alte das Wort: »Drei andalusische Pferde mit allem Sattelzeug stehen im Stalle. Der tapfere Candide soll sie zäumen. Die gnädige Frau hat Gold und Diamanten, wir steigen schnellstens zu Pferde, obgleich ich nur auf einem Hinterbacken sitzen kann; wir reiten nach Cadix. Es ist das schönste Wetter der Welt und ein großes Vergnügen, in der Frische der Nacht zu reisen.« Sofort sattelt Candide die drei Pferde. Kunigunde, die Alte und er reiten dreißig Meilen ohne Unterbrechung. Während ihrer Flucht dringt die heilige Hermandad ins Haus; Seine Hochwürden werden in einer schönen Kirche beigesetzt, Isaschar wird auf den Schindanger geworfen.

Candide und Kunigunde befanden sich inzwischen schon in der kleinen Stadt Avacena, mitten in den Bergen der Sierra-Morena. Dort unterhielten sie sich in einem Wirtshause folgendermaßen.

Zehntes Kapitel

In welcher Not Candide, Kunigunde und die Alte in Cadix ankommen und wie sie sich einschiffen

»Wer hat meine Goldstücke und meine Diamanten gestohlen?« rief Kunigunde weinend. »Wovon werden wir leben? Wie werden wir weiterkommen? Wo sind Inquisitoren und Juden, die mir neue schenken?« – »Ach!« sagte die Alte, »ich habe einen ehrwürdigen Franziskaner stark in Verdacht, der gestern in Badajoz in derselben Herberge wie wir übernachtete. Gott bewahre mich vor einer leichtfertigen Beschuldigung! Aber er betrat zweimal unser Zimmer und reiste lange vor uns ab.« – »Ach!« sagte Candide, »der gute Pangloß, wie oft hat er mir bewiesen, daß die Güter dieser Erde den Menschen gemeinsam gehören, daß jeder ein gleiches Recht auf sie hat. Der Franziskaner hätte uns aber, nach diesem Grundsatze, wenigstens etwas für unsere Reise lassen sollen. Sie besitzen also gar nichts mehr, schöne Kunigunde?« – »Keinen

Maravedi«, sagte sie. – »Was tun?« versetzte Candide. – »Wir wollen eines der Pferde verkaufen,« meinte die Alte; »ich werde mich hinter das Fräulein setzen, obgleich ich nur auf einem Hinterbacken sitzen kann, und wir werden nach Cadix kommen.«

In derselben Gastwirtschaft war ein Benediktinerprior abgestiegen; er kaufte das Pferd zu billigem Preis. Candide, Kunigunde und die Alte ritten durch Lucena, Chillas, Lebrixa und kamen endlich in Cadix an. Dort wurde gerade eine Flotte mit Truppen ausgerüstet, um die ehrwürdigen Jesuitenväter in Paraguay zur Vernunft zu bringen; man beschuldigte sie, eine ihrer Horden bei der Stadt Sankt Sakramento gegen die Könige von Spanien und Portugal aufgehetzt zu haben. Candide, der bei den Bulgaren gedient hatte, führte dem Befehlshaber der kleinen Armee das bulgarische Exerzieren mit so guter Haltung, so viel Geschwindigkeit, Geschicklichkeit, Stolz und Beweglichkeit vor, daß er das Kommando über eine Infanteriekompagnie erhielt. So wurde er Hauptmann. Er schifft sich ein mit Fräulein Kunigunde, der Alten, zwei Dienern und den beiden andalusischen Pferden, die dem Großinquisitor von Portugal gehört hatten.

Während der Überfahrt sprachen sie viel über die Philosophie des armen Pangloß. »Wir gehen in einen anderen Weltteil,« sagte Candide; »hier wird gewiß alles aufs beste sein. Denn man muß zugeben, daß man ein wenig seufzen könnte über das, was in dem unseren in physischem und moralischem Betracht geschieht.« – »Ich liebe Sie von ganzem Herzen,« sagte Kunigunde, »aber die Seele ist mir noch aufgewühlt von allem, was ich gesehen und erlitten habe.« – »Alles wird gut gehen,« versetzte Candide, »schon das Meer dieser neuen Welt ist besser als unsere europäischen Meere; es ist ruhiger, die Winde sind beständiger. Gewiß ist die neue Welt die beste aller Welten.« – »Wollte es Gott!« sagte Kunigunde; »aber ich bin in der meinigen so entsetzlich unglücklich gewesen, daß mein Herz sich beinahe der Hoffnung verschließt.« – »Sie beklagen sich,« sagte die Alte; »ach! dabei haben Sie solches Unglück wie ich noch nicht erlitten.« Kunigunde war nahe daran zu lachen. Sie fand diese gute Frau, die behauptete, unglücklicher als sie zu sein, äußerst komisch. »Ach, meine Gute,« sagte sie, »du müßtest von zwei Bulgaren vergewaltigt worden sein, zwei Messerstiche in den Leib bekommen haben, zwei deiner Schlösser müßten zerstört, zwei Mütter und zwei Väter vor deinen Augen erwürgt und zwei deiner Geliebten in einem Autodafé gepeitscht worden sein, sonst sehe ich keine Möglichkeit, dein Unglück für größer als das meine zu halten; du kannst noch hinzufügen, daß ich, eine geborene Baronin mit zweiundsiebzig Ahnen, Köchin gewesen bin.« – »Gnädiges Fräulein,« sagte die Alte, »Sie kennen meine Herkunft nicht. Wenn ich Ihnen meinen Hintern zeigte, würden

Sie nicht sprechen wie jetzt und Ihr Urteil wohl ändern.« Dieses Gespräch erweckte in Candide und Kunigunde außerordentliche Neugier. Die Alte erzählte dieses.

Elftes Kapitel

Geschichte der Alten

»Ich habe nicht immer eingefallene und rotumränderte Augen gehabt; meine Nase berührte nicht immer mein Kinn, und ich bin nicht immer Dienerin gewesen. Ich bin die Tochter des Papstes Urban X. und der Prinzessin von Palestrina. Bis zu meinem vierzehnten Jahre wurde ich in einem Palaste erzogen, mit dem verglichen alle Schlösser Eurer deutschen Barone nichts als Ställe sind; wie auch ein einziges meiner Kleider mehr wert war als die ganze Pracht Westfalens. Ich nahm zu an Schönheit, Anmut und Talenten, mitten unter Vergnügungen, Huldigungen und Hoffnungen. Schon flößte ich Liebe ein: mein Busen formte sich; und was für ein Busen! Weiß, fest, gemeißelt wie der der Venus von Medici; und welche Augen! Welche Augenlider! Welch schwarze Wimpern! Flammen strahlten aus meinen Pupillen und verdunkelten den Glanz der Sterne! So versicherten mir die Dichter des Landes. Die Frauen, die mich an- und auskleideten, waren begeistert, ob sie mich nun von vorn oder von hinten betrachteten, und alle Männer hätten gewünscht, an ihrer Stelle zu sein.

Ich wurde mit einem regierenden Fürsten von Massa-Carrara verlobt. Was für ein Fürst! Ebenso schön wie ich, ganz Milde und Anmut, sprühend von Geist und brennend von Liebe. Ich liebte ihn, wie man zum ersten Male liebt, hingerissen, vergötternd. Die Hochzeit wurde vorbereitet. Es war eine Pracht, ein Prunk ohnegleichen: ununterbrochene Feste, Ringelrennen, Buffo-Opern. Ganz Italien dichtete Sonette auf mich, von denen nicht eines etwas wert war. Der Augenblick meines höchsten Glückes nahte, als die frühere Geliebte meines Fürsten, eine alte Marquise, ihn zur Schokolade einlud: Er starb in weniger als zwei Stunden unter furchtbaren Krämpfen; aber das ist nur eine Kleinigkeit. Meine Mutter wollte in ihrer Verzweiflung, obgleich sie weniger betrübt war als ich, diesem verhängnisvollen Orte für einige Zeit entfliehen. Sie besaß ein sehr schönes Landgut bei Gaëta. Wir schifften uns ein auf einer der üblichen Galeeren, die wie der Altar von Sankt Peter in Rom vergoldet sind. Plötzlich überfällt uns ein Korsar von Salé und kapert das Schiff. Unsere Soldaten verteidigten sich wie echte Soldaten des Papstes: sie knieten nieder, warfen ihre Waffen weg und baten den Korsaren um Absolution in articulo mortis.

Gleich darauf zog man sie nackt aus wie Affen, ebenso meine Mutter, unsere Ehrendamen und auch mich. Es ist bewundernswert, mit welcher Geschwindigkeit diese Herren die Menschen entkleiden. Was mich besonders überraschte, war, daß sie jede von uns mit dem Finger an einem Ort untersuchten, in den wir Frauen uns im allgemeinen nur Röhrchen einführen lassen. Dieser Brauch schien mir sehr seltsam; so urteilt man über alles, wenn man noch nie aus seinem Lande gekommen ist. Ich erfuhr bald, daß dies geschah, um zu sehen, ob wir an diesem Orte nicht einige Diamanten versteckt hielten: ein seit undenklichen Zeiten unter den zivilisierten, seefahrenden Nationen beliebter Brauch. Ich habe erfahren, daß die frommen Malteserritter ihn nie auszuüben vergessen, wenn sie Türken oder Türkinnen gefangen nehmen; das ist eine völkerrechtliche Bestimmung, der noch nie jemand zuwidergehandelt hat.

Ich will Ihnen nicht schildern, wie hart es für eine junge Prinzessin ist, als Sklavin zusammen mit ihrer Mutter nach Marokko gebracht zu werden; Sie werden schon verstehen, was alles wir auf dem Korsarenschiff zu erleiden hatten. Meine Mutter war noch sehr schön, unsere Ehrendamen, unsere einfachen Kammerfrauen hatten mehr Reize, als in ganz Afrika zu finden sind. Was mich betrifft, so war ich entzückend, die Schönheit und Anmut selber; vor allem war ich Jungfrau. Ich blieb es nicht lange; diese Blume, die für den schönen Fürsten von Massa-Carrara bewahrt worden war, wurde mir von dem Korsarenkapitän entrissen: er war ein fürchterlicher Neger, der glaubte, mir dadurch noch eine Ehre zu erweisen. Wieviel Kraft müssen die Prinzessin von Palestrina und ich gehabt haben, um all diese Qualen bis zu unserer Ankunft in Marokko auszuhalten! Aber wir wollen darüber weggehen; es sind dies so alltägliche Dinge, daß es sich nicht lohnt, darüber zu sprechen.

Marokko schwamm in Blut, als wir ankamen. Die fünfzig Söhne des Sultans Mulei-Ismaël hatten jeder eine Partei hinter sich: was fünfzig Bürgerkriege verursachte, Schwarze gegen Schwarze, Schwarze gegen Halbbraune, Halbbraune gegen Halbbraune, Mulatten gegen Mulatten; es war ein ununterbrochenes Blutbad über das ganze Reich hin.

Kaum waren wir gelandet, als die Schwarzen einer Partei, die mit der meines Korsaren verfeindet war, erschienen, um ihm seine Beute zu entreißen. Wir waren, nach den Diamanten und dem Golde, sein kostbarster Besitz. Ich wurde Zeuge eines Kampfes, wie er in Ihrem europäischen Klima niemals zu sehen ist. Die nördlichen Völker haben nicht dieses heiße Blut; sie sind auch nicht so rasend auf Frauen aus wie die Afrikaner. Es scheint, Ihre Europäer haben Milch in den Adern; in denen der Einwohner des Gebirges Atlas und der benachbarten Länder dagegen fließt Vitriol und Feuer. Man kämpfte um unseren Besitz mit der Wut der Löwen, Tiger und Schlangen jener

Gegend. Ein Maure ergriff meine Mutter beim rechten Arm, der Leutnant meines Kapitäns riß sie am linken Arm zurück; ein maurischer Soldat nahm sie beim linken Bein, einer unserer Seeräuber zog sie am rechten. Unsere Mädchen wurden fast alle im Nu auf diese Art zwischen vier Soldaten hin und her gezerrt. Mein Kapitän hielt mich hinter sich versteckt. Er hatte seinen krummen Säbel in der Faust und tötete alles, was sich seiner Wut entgegenstellte. Schließlich sah ich alle unsere Italienerinnen und meine Mutter zerrissen, durchstochen, massakriert durch die Ungeheuer, die sich um sie stritten. Die Gefangenen, meine Gefährten, und die, welche sie gefangen hatten, Soldaten, Matrosen, Schwarze, Braune, Weiße, Mulatten, und schließlich auch mein Kapitän, alle wurden getötet. Ich blieb sterbend auf einem Haufen Toter liegen. Ähnliche Szenen geschahen, wie man weiß, im Umkreis von mehr als dreihundert Meilen, ohne daß es dabei an den fünf täglichen, von Mahomet vorgeschriebenen Gebeten fehlte.

Ich befreite mich mit vieler Mühe aus dem Haufen blutiger Leichname und schleppte mich unter einen großen Orangenbaum am Ufer eines nahen Flusses; hier fiel ich um vor Schrecken, Müdigkeit, Entsetzen, Verzweiflung und Hunger. Bald darauf gaben sich meine übermüdeten Sinne einem Schlummer hin, der mehr einer Ohnmacht als der Ruhe glich. In diesem schwachen und bewußtlosen Zustande, zwischen Leben und Tod, befand ich mich, als ich den Druck von etwas fühlte, das sich auf meinem Körper heftig bewegte. Ich öffnete die Augen, sah einen weißen, gut aussehenden Mann, der stöhnte und zwischen seinen Zähnen murmelte: ›O che sciagura d'essere senza coglioni!‹

Zwölftes Kapitel

Fortsetzung der Leidensgeschichte der Alten

So überrascht und entzückt ich war, die Sprache meines Landes zu hören, so sehr erstaunten mich die Worte, die dieser Mann ausstieß. Ich antwortete ihm, es gäbe sicher ein größeres Mißgeschick als das von ihm beklagte. In wenigen Worten schilderte ich ihm die Schrecken, die ich erlitten habe; dann fiel ich abermals in Ohnmacht. Er trug mich in ein nahes Haus, legte mich zu Bett, sorgte für Essen, bediente mich, tröstete mich, schmeichelte mir, meinte, er habe noch nie etwas so Schönes gesehen wie mich und niemals noch den Verlust dessen, was niemand ihm wiedergeben könne, so unendlich bedauert. ›Ich bin in Neapel geboren,‹ sagte er; ›dort werden jährlich zwei- bis dreitausend Kinder kastriert. Die einen sterben daran, andere bekommen dadurch

Stimmen, die alle Frauenstimmen an Schönheit übertreffen, wieder andere werden Staatsregenten[7] Bei mir hatte diese Operation großen Erfolg; ich wurde Sänger in der Kapelle der Frau Prinzessin von Palestrina.‹ – ›Meiner Mutter!‹ rief ich. – ›Ihrer Mutter!‹ schrie er unter Tränen; ›wie! Sie sind die Prinzessin, die ich bis zu ihrem sechsten Jahre erzog und die schon damals versprach, so schön zu werden wie Ihr es seid?‹ – ›Ich bin es; meine Mutter liegt vierhundert Schritte von hier, geviertelt, unter einem Haufen Toter ...‹

Ich erzählte ihm meine Erlebnisse und er mir die seinen. Er teilte mir mit, daß er von einer christlichen Macht[8] zum Sultan von Marokko gesandt worden sei, um mit diesem Monarchen einen Vertrag zu schließen, wonach man ihm Pulver, Kanonen und Schiffe liefern wolle, um ihm zu helfen, den Handel der anderen Christen zu vernichten. ›Mein Auftrag ist erledigt,‹ sagte dieser biedere Eunuche; ›ich werde mich in [Ceuta] einschiffen und Sie mit nach Italien nehmen. Ma che sciagura d'essere senza coglioni!‹

Ich dankte ihm unter Tränen der Rührung. Jedoch statt mich nach Italien zu bringen, führte er mich nach Algier und verkaufte mich an den Dey dieser Provinz. Kaum war ich verkauft, als die Pest, welche in Afrika, Asien und Europa gewütet hat, auch in Algier mit größter Gewalt ausbrach. Sie haben ein Erdbeben erlebt, mein Fräulein, haben Sie aber je die Pest gehabt?«

»Niemals«, antwortete die Baronesse.

»Hätten Sie sie gehabt,« versetzte die Alte, »würden Sie zugeben, daß sie ein Erdbeben an Schrecken weit übersteigt. Sie ist in Afrika nichts Außergewöhnliches: ich wurde bald davon ergriffen. Stellen Sie sich die Lage vor: die fünfzehnjährige Tochter eines Papstes erduldet im Zeitraum von drei Monaten Armut und Sklaverei, wird beinahe täglich vergewaltigt, sieht wie ihre Mutter geviertelt wird, erleidet Hunger, Krieg und soll nun an der Pest in Algier sterben! Ich starb zwar nicht, aber mein Eunuche, der Dey und beinahe der ganze Serail von Algier kamen um.

Als der erste Ansturm dieser furchtbaren Krankheit vorbei war, verkaufte man die Sklaven des Dey. Ein Händler kaufte mich und brachte mich nach Tunis; dort verkaufte er mich weiter an einen anderen Händler, der mich nach Tripolis verkaufte; von Tripolis wurde ich nach Alexandrien, von Alexandrien nach Smyrna, von Smyrna nach Konstantinopel verkauft. Schließlich gehörte ich einem Janitscharen-Aga, der

---

[7] Der italienische Sänger Farinelli, in Neapel 1705 geboren, regierte unter Ferdinand VI. über Spanien. Er starb im Jahre 1782.

[8] Dem König von Portugal. Es war während des spanischen Erbfolgekriegs.

bald abkommandiert wurde, um Azof gegen die Russen, die es belagerten, zu verteidigen.

Dieser Aga, der ein sehr galanter Mann war, führte seinen ganzen Harem mit sich. Er wies uns eine kleine Festung im mäotischen Meere an, die von zwei schwarzen Eunuchen und zwanzig Soldaten bewacht wurde. Man tötete ungeheuer viele Russen; aber sie gaben alles gehörig zurück: Azof wurde dem Boden gleichgemacht; kein Geschlecht noch Alter wurde geschont. Schließlich blieb nichts als unsere kleine Festung; die Feinde wollten uns durch Hunger zur Übergabe zwingen. Die zwanzig Janitscharen hatten geschworen, sich niemals zu ergeben. Damit sie ihren Schwur nicht verletzten, waren sie in der äußersten Hungersnot gezwungen, unsere beiden Eunuchen aufzuessen. Einige Tage darauf beschlossen sie, auch die Frauen zu verzehren.

Wir hatten einen sehr frommen und mitleidigen Iman, der ihnen eine schöne Predigt hielt und sie dazu brachte, uns nicht völlig zu töten. ›Schneidet,‹ sagte er, ›jeder der Damen nur einen Hinterbacken ab; das gibt eine ausgezeichnete Mahlzeit; sollte es nötig sein, könnt Ihr in einigen Tagen die andere Hälfte nehmen. Aber der Himmel wird diese barmherzige Tat lohnen und euch Hilfe schicken.‹

Er besaß große Überredungskunst; er überzeugte sie. Man nahm die grauenvolle Operation an uns vor. Der Iman legte uns dieselbe Salbe auf, die man bei der Beschneidung der Kinder anwendet. Wir waren alle dem Tode nahe.

Kaum hatten die Janitscharen die Mahlzeit verzehrt, die wir ihnen verschafft hatten, als die Russen auf flachen Booten anlangten; kein einziger Janitschare entging ihnen. Die Russen kümmerten sich nicht weiter um unseren Zustand. Aber es gibt überall französische Chirurgen. Einer von ihnen, der sehr geschickt war, nahm sich unser an; er heilte uns. Mein ganzes Leben werde ich daran denken, daß er mir, sobald meine Wunden sich geschlossen hatten, einen zärtlichen Antrag machte. Im übrigen sagte er, wir sollten uns trösten; er versicherte uns, ähnliche Dinge seien schon bei verschiedenen Belagerungen vorgekommen; es sei eben Kriegsrecht.

Sobald meine Gefährtinnen wieder gehen konnten, schickte man sie nach Moskau. Ich fiel bei der Teilung einem Bojaren zu, der mich zu seiner Gärtnerin machte und mir täglich zwanzig Peitschenhiebe gab. Als nach Verlauf von zwei Jahren dieser Herr mit einigen dreißig anderen Bojaren wegen einer Hofintrige gerädert wurde, benützte ich dieses Ereignis: ich entfloh. Ich durchzog ganz Rußland; war lange Kellnerin in Riga, dann in Rostock, Wismar, Leipzig, Kassel, Utrecht, Leyden, im Haag und in Rotterdam. Ich bin in Elend und Schmach alt geworden; besaß nur noch die Hälfte meines Hintern und vergaß doch nie, daß ich die Tochter eines Papstes bin. Hundertmal wollte ich mich töten, aber ich liebte das Leben noch. Diese lächerliche Schwäche ist vielleicht eine unserer verhängnisvollsten Eigenschaften; denn gibt es etwas Dümmeres, als eine Last weitertragen zu wollen, die man immer hinwerfen möchte? Sein Dasein zu verabscheuen und doch daran festzuhalten? Die Schlange, die an uns zehrt, zu liebkosen, bis sie unser Herz angefressen hat?

Ich habe in den Ländern, durch die mich das Schicksal geführt hat, und in den Schenken, wo ich bedient habe, eine ungeheure Zahl Menschen getroffen, die ihr Leben verfluchten; aber ich habe nur zwölf gekannt, die ihrem Elend freiwillig ein Ziel gesetzt haben: drei Neger, vier Engländer, vier Genfer und einen deutschen Professor namens Robeck. Schließlich kam ich als Dienerin zu dem Juden Don Isaschar. Er gab mich Ihnen bei, mein schönes Fräulein. Ich habe mich an Ihr Schicksal gehängt und mich mehr mit Ihren Abenteuern befaßt als mit den meinen. Ich würde Ihnen sogar niemals von meinem Unglück gesprochen haben, wenn Sie mich nicht etwas gereizt hätten, und wenn es auf einem Schiffe nicht Brauch wäre, Geschichten gegen die Langeweile zu erzählen. Schließlich, mein Fräulein, habe ich Erfahrung und kenne die Welt; machen Sie sich ein Vergnügen: fordern Sie jeden Passagier auf, Ihnen seine Geschichte zu erzählen, und wenn nur ein einziger dabei ist, der nicht schon oft sein Leben verflucht und zu sich selbst gesagt hat, er sei der unglücklichste aller Menschen, werfen Sie mich kopfüber in das Meer.«

Dreizehntes Kapitel

Wie Candide gezwungen wurde, sich von der schönen Kunigunde und der Alten zu trennen

Nachdem die schöne Kunigunde die Geschichte der Alten gehört hatte, erwies sie ihr alle Höflichkeiten, die man einer Person ihres Ranges und Verdienstes schuldig ist. Sie ging auf ihren Vorschlag ein und bat alle Reisenden, nacheinander ihre Abenteuer zu erzählen. Candide und sie gaben zu, daß die Alte recht habe. »Es ist sehr schade,« sagte Candide, »daß der weise Pangloß gegen allen Brauch in einem Autodafé gehängt worden ist. Er würde uns bewundernswerte Dinge sagen von dem physischen und moralischen Übel, das über Erde und Meer schwebt, und ich hätte, bei aller Ehrerbietung, genügend Kraft, einige Einwendungen zu machen.«

Während jeder nun seine Geschichte erzählte, fuhr das Schiff dahin. Man landete in Buenos Aires. Kunigunde, der Hauptmann Candide und die Alte gingen zum Gouverneur Don Fernando d'Ibaraa, y Figueora, y Mascarenes, y Lampurdos, y Suza. Dieser Herr besaß einen Stolz, wie er zu einem Manne paßte, der so viele Namen trug. Er sprach zu den Menschen mit der herablassendsten Verachtung, trug die Nase so hoch, erhob die Stimme so rücksichtslos, nahm einen so wichtigen Ton an, spreizte sich in einem so stolzen Gang, daß alle, die ihn grüßten, versucht waren, ihn zu ohrfeigen. Er liebte Frauen rasend. Kunigunde erschien ihm als das Schönste, was er je gesehen hatte. Seine erste Frage war, ob sie die Frau des Hauptmanns sei. Sein Ausdruck bei dieser Frage empörte Candide: er wagte nicht zu sagen, daß sie seine Frau sei, weil sie es in der Tat nicht war; ebenso hatte er nicht den Mut, sie für seine Schwester auszugeben, da sie es ebenfalls nicht war. Obgleich solche offiziellen Lügen bei den Alten sehr in Schwung waren und den Modernen nützlich gewesen wären, vermochte seine reine Seele nicht, eine Unwahrheit zu sagen. »Fräulein Kunigunde«, antwortete er, »wird mir die Ehre erweisen, sich mit mir zu vermählen, und wir ersuchen Eure Exzellenz, unsere Hochzeit ausrichten zu wollen.«

Don Fernando d'Ibaraa, y Figueora, y Mascarenes, y Lampurdos, y Suza strich seinen Bart, lächelte gallig und befahl dem Hauptmann Candide, Parade über seine Kompagnie abzunehmen. Candide gehorchte; der Gouverneur blieb allein mit Fräulein Kunigunde. Er erklärte ihr seine rasende Liebe, schwur, daß er sie am nächsten Tage vor der Kirche oder anderswo, wie es ihr gefalle, heiraten werde. Kunigunde bat ihn um eine Viertelstunde Zeit, um sich zu sammeln, die Alte zu befragen und sich zu entschließen.

Die Alte sagte zu Kunigunde: »Gnädiges Fräulein, Sie haben zweiundsiebzig Ahnen und keinen Heller. Es hängt nur von Ihnen ab, ob Sie die Frau des mächtigsten Herrn des südlichen Amerika, der einen sehr schönen Schnurrbart trägt, werden wollen; ist es Ihre Sache, sich auf eine Treue um jeden Preis festzulegen? Sie sind von den Bulgaren vergewaltigt worden; ein Jude und ein Inquisitor haben Ihre Gunst besessen; Unglück verleiht Rechte. Ich gestehe, wenn ich an Ihrer Stelle wäre, würde ich ohne Skrupel den Herrn Gouverneur heiraten und zugleich das Glück des Herrn Hauptmanns Candide fördern.« Während die Alte mit der ganzen Klugheit, die Alter und Erfahrung verleihen, ihren Rat gab, fuhr ein kleines Schiff in den Hafen ein; es hatte einen Richter und Häscher an Bord; folgendes war geschehen:

Die Alte hatte richtig vermutet, daß es ein Franziskaner gewesen war, der das Gold und den Schmuck Kunigundes in Badajoz gestohlen hatte, während sie mit Candide auf eiliger Flucht war. Dieser Mönch wollte einige Edelsteine an einen Juwelier verkaufen. Der Händler erkannte sie als die des Großinquisitors. Bevor der Franziskaner gehängt wurde, gestand er, daß er sie gestohlen habe; er bezeichnete die Personen und den Weg, den sie genommen hatten. Die Flucht Kunigundes und Candides war schon bekannt. Man folgte ihnen nach Cadix; man sandte, ohne Zeit zu verlieren, ein Schiff hinter ihnen her. Das Schiff war schon im Hafen von Buenos Aires. Das Gerücht verbreitete sich, daß ein Richter an Land gehe, und daß man die Mörder des Herrn Großinquisitors verfolge. Die kluge Alte übersah in einem Augenblick, was zu tun sei. »Sie können nicht fliehen,« sagte sie zu Kunigunde, »und Sie haben nichts zu fürchten: nicht Sie haben Seine Hochwürden getötet. Im übrigen wird der Gouverneur, der Sie liebt, nicht dulden, daß man Sie mißhandelt; bleiben Sie hier.« Sofort lief sie zu Candide. »Fliehen Sie,« sagte sie, »oder Sie werden in einer Stunde verbrannt werden.« Es war kein Augenblick zu verlieren; aber wie sollte er sich von Kunigunde trennen, und wohin sollte er fliehen?

Vierzehntes Kapitel

Wie Candide und Cacambo bei den Jesuiten von Paraguay aufgenommen wurden

Candide hatte von Cadix einen Diener mitgebracht, wie man sie oft an der spanischen Küste und in den Kolonien findet. Er war ein Viertel-Spanier, Sohn eines Mestizen in Tucuman. Er war Chorknabe, Sakristan, Matrose, Mönch, Träger, Soldat, Diener gewesen. Er hieß Cacambo und liebte seinen Herrn sehr, weil dieser Herr ein sehr guter Mensch war. Er sattelte, so schnell es ging, die beiden andalusischen Pferde. »Vorwärts, Herr, folgen wir dem Rate der Alten; wir wollen aufbrechen und davonreiten, ohne uns umzusehen.« Candide brach in Tränen aus: »Oh, meine teure Kunigunde, muß ich dich in diesem Augenblick verlassen, da der Herr Gouverneur unsere Hochzeit veranstalten will? Was wird aus dir werden, Kunigunde, die ich von so weither mit mir brachte?« – »Es wird aus ihr werden, was aus ihr werden kann,« sagte Cacambo; »Frauen kommen nie in Verlegenheit; Gott sorgt für sie; lassen Sie uns eilen.« – »Wo führst du mich hin? Wohin gehen wir? Was werden wir ohne Kunigunde tun?« sagte Candide. – »Bei Sankt Jakob von Compostella,« sagte Cacambo, »Sie hatten die Absicht, gegen die Jesuiten zu kämpfen, wir werden jetzt für sie kämpfen. Ich kenne die Wege genügend; ich werde Sie in ihr Reich führen; sie werden entzückt sein, einen Hauptmann zu bekommen, der wie die Bulgaren exerziert. Sie werden ein ungeheures Glück haben. Wer in der einen Welt nicht auf seine Rechnung kommt, dem gelingt es in der andern. Es ist ein großes Vergnügen, neue Dinge zu sehen und zu tun.« – »Du bist also schon in Paraguay gewesen?« fragte Candide. – »Ja, gewiß!« sagte Cacambo; »ich war Famulus im Kolleg Mariä Himmelfahrt und kenne die Regierung der Padres wie die Straßen von Cadix. Diese Regierung ist etwas Wunderbares.

Das Reich hat mehr als dreihundert Meilen Durchmesser; es ist in dreißig Provinzen geteilt. Den Padres gehört alles und dem Volke nichts; es ist das Meisterwerk der Vernunft und Gerechtigkeit. Für mich gibt es nichts Göttlicheres als diese Padres, die hier gegen den König von Spanien und den König von Portugal Krieg führen und in Europa ihre Beichtväter spielen; die hier Spanier töten und in Madrid sie in den Himmel befördern. Das entzückt mich. Eilen wir, Sie werden der glücklichste aller Menschen sein. Welche Freude werden die Padres haben, wenn sie hören, daß ein Hauptmann zu ihnen kommt, der auf bulgarische Art exerziert!«

Sowie sie bei der ersten Grenzschranke angelangt waren, sagte Cacambo zum Vorposten, ein Hauptmann wünsche den Herrn Kommandanten zu sprechen. Man benachrichtigte die Hauptwache. Ein paraguayischer Offizier lief zum Kommandanten, um ihm die Nachricht zu überbringen. Candide und Cacambo wurden zunächst entwaffnet; man bemächtigte sich ihrer beiden andalusischen Pferde. Darauf wurden die beiden Fremden zwischen zwei Reihen Soldaten durchgeführt. An deren Ende stand der Kommandant, auf dem Kopf einen Dreispitz, den Rock hochgeschlagen, den Degen an der Seite, das Kurzgewehr in der Hand. Er gab ein Zeichen; sofort umringten vierundzwanzig Soldaten die beiden Ankömmlinge. Ein Sergeant sagte ihnen, sie müßten warten, der Kommandant könne nicht mit ihnen sprechen, da Seine Hochwürden, der Pater Provinzial den Spaniern nur in seiner Gegenwart den Mund zu öffnen erlaube und ihnen nicht mehr als drei Stunden Aufenthalt im Land gewähre. »Und wo ist Seine Hochwürden, der Pater Provinzial?« fragte Cacambo. »Er ist bei der Parade, nachdem er eben die Messe gelesen hat,« antwortete der Sergeant; »Sie werden seine Sporen erst in drei Stunden küssen können.« – »Aber,« sagte Cacambo, »der Herr Hauptmann, der ebenso wie ich vor Hunger fast stirbt, ist gar kein Spanier, er ist Deutscher. Könnten wir nicht frühstücken, bis Seine Hochwürden erscheint?«

Der Sergeant ging sofort zum Kommandanten, um ihm über diese Rede Bericht zu erstatten. »Gott sei Dank!« sagte dieser Herr; »da er Deutscher ist, kann ich mit ihm sprechen; man führe ihn in meine Laube.« Sofort wurde Candide in einen grünen Raum geführt, der mit einer sehr hübschen Säulenreihe aus grün-goldenem Marmor geschmückt war und Käfige enthielt, in denen Papageien, Kolibris, Fliegenvögel, Perlhühner und die seltensten Vögel saßen. Ein ausgezeichnetes Frühstück in goldenen Schüsseln wartete; und während die Paraguayer Mais aus ihren Holznäpfen aßen, trat Seine Hochwürden, der Pater Kommandant in die Laube.

Er war ein sehr schöner junger Mann mit vollem, ziemlich weißem, gesundem Gesicht, gewölbten Augenbrauen, lebhaftem Auge, rotem Ohr und Purpurlippen. Sein Ausdruck war stolz, aber es war weder der Stolz eines Spaniers noch der eines Jesuiten.

Candide und Cacambo wurden ihre Waffen, die man ihnen abgenommen hatte, ebenso wie ihre beiden andalusischen Pferde zurückgegeben. Cacambo fütterte sie neben der Laube mit Hafer und wandte, aus Furcht vor einer Überrumplung, keinen Blick von ihnen.

Candide küßte den Rocksaum des Kommandanten; dann setzten sie sich zu Tisch. »Sie sind also Deutscher?« fragte der Jesuit in dieser Sprache. »Ja, ehrwürdiger Vater« sagte Candide. Bei diesen Worten betrachteten sich beide mit äußerster Überraschung und einer Bewegung, deren sie nicht Herr werden konnten. »Und aus welchem Teile Deutschlands sind Sie?« sagte der Jesuit. – »Aus der schmutzigen Provinz Westfalen,« erwiderte Candide; »ich bin im Schlosse Thunder-ten-tronckh geboren.« – »O Himmel, ist es möglich,« rief der Kommandant. – »Welches Wunder!« rief Candide. – »Sind Sie es?« sagte der Kommandant. – »Es ist nicht möglich!« rief Candide. Sie fallen fast auf den Rücken, dann umarmen sie sich und vergießen Ströme von Tränen. »Wie, Ihr, ehrwürdiger Vater, Ihr seid der Bruder der schönen Kunigunde! Ihr, der von den Bulgaren getötet wurde! Ihr, der Sohn des Herrn Barons! Ihr Jesuit in Paraguay! Man muß zugeben, daß diese Welt, sehr seltsam ist. O Pangloß! Pangloß! Wie froh würdest du jetzt sein, wenn du nicht gehängt worden wärest!«

Der Kommandant befahl den Negersklaven und den Paraguayern, die Wein aus kristallenen Bechern schenkten, sich zurückzuziehen. Er dankte Gott und dem heiligen Ignatius tausendmal. Er schloß Candide in seine Arme; ihre Gesichter waren in Tränen gebadet. »Sie würden noch erstaunter, gerührter und erregter sein,« sagte Candide, »wenn ich Ihnen sagte, daß Fräulein Kunigunde, Ihre Schwester, die Sie aufgeschlitzt glauben, in voller Gesundheit lebt.« – »Wo?« – »In Ihrer Nähe, bei dem Gouverneur von Buenos Aires; ich kam dorthin, um Krieg gegen Sie zu führen.« Jedes Wort dieser langen Unterhaltung häufte Wunder auf Wunder. Ihre ganze Seele drängte sich auf ihre Lippen, horchte in ihren Ohren und strahlte aus ihren Augen. Da sie Deutsche waren, tafelten sie lange; und während sie den ehrwürdigen Pater Provinzial erwarteten, erzählte der Kommandant seinem lieben Candide folgendes.

Fünfzehntes Kapitel

Wie Candide den Bruder seiner teuren Kunigunde tötete

»Mein ganzes Leben werde ich den entsetzlichen Tag im Gedächtnis behalten, an dem ich meinen Vater und meine Mutter töten und meine Schwester vergewaltigen sah. Als die Bulgaren sich zurückgezogen hatten, wurde meine anbetungswürdige

Schwester nirgends gefunden. Man legte meinen Vater, meine Mutter, mich, zwei Dienerinnen und drei kleine erdrosselte Knaben auf einen Karren, um uns in einer Jesuitenkapelle, zwei Meilen vom Schlosse meiner Väter entfernt, zu begraben. Ein Jesuit besprengte uns mit Weihwasser, das furchtbar salzig war; einige Tropfen davon drangen in meine Augen. Der Pater bemerkte, daß mein Augenlid eine kleine Bewegung machte: er legte die Hand auf mein Herz und fühlte es klopfen; ich war gerettet und drei Wochen darauf wiederhergestellt. Sie wissen, mein lieber Candide, daß ich recht hübsch war; ich wurde immer hübscher; so kam es, daß der ehrwürdige Pater Croust, der Abt des Klosters, die zärtlichste Neigung zu mir faßte: er kleidete mich als Novize ein und sandte mich einige Zeit darauf nach Rom. Der Pater General brauchte junge deutsche Jesuiten. Die jesuitischen Herrscher von Paraguay nehmen so wenig spanische Jesuiten wie möglich auf. Sie ziehen fremde vor, über die sie glauben mehr Herr zu sein. Ich wurde vom ehrwürdigen Pater General für geeignet gehalten, in diesem Weinberg zu arbeiten. Wir, ein Pole, ein Tiroler und ich, reisten ab. Ich wurde bei meiner Ankunft mit einem Unterdiakonat und einem Leutnantspatent ausgezeichnet; heute bin ich Oberst und Priester. Wir werden die Truppen des Königs von Spanien hart empfangen; ich bürge Ihnen dafür, daß wir sie exkommunizieren und schlagen werden. Die Vorsehung hat Sie hierher gesandt, um uns zu helfen. Aber ist es auch sicher wahr, daß meine teure Schwester Kunigunde in der Nähe, bei dem Gouverneur von Buenos Aires, ist?« Candide schwur einen Eid, daß dies die volle Wahrheit sei. Von neuem brachen sie in Tränen aus.

Der Baron hörte nicht auf, Candide zu umarmen; er nannte ihn seinen Bruder, seinen Retter. »Ach! mein teurer Candide,« sagte er, »vielleicht können wir zusammen als Sieger in die Stadt einziehen und meine Schwester Kunigunde befreien.« – »Das ist mein höchster Wunsch,« sagte Candide, »denn ich gedachte sie zu heiraten und hoffe noch darauf.« – »Unverschämter,« antwortete der Baron, »du hast die Frechheit, meine Schwester heiraten zu wollen, sie, die zweiundsiebzig Ahnen hat! Ich finde dich sehr dreist, daß du nur wagst, von solch einem kühnen Plan vor mir zu sprechen!« Candide war wie versteinert über diese Rede. Er antwortete: »Ehrwürdiger Pater, alle Ahnen der Welt werden daran nichts ändern; ich habe Ihre Schwester aus den Armen eines Juden und eines Inquisitors befreit; sie ist mir genügend verpflichtet, sie will mich heiraten. Meister Pangloß hat mir immer gesagt, daß die Menschen gleich seien; gewiß werde ich sie heiraten.« – »Das werden wir sehen, Schurke!« sagte der Jesuitenbaron von Thunder-ten-tronckh und schlug ihm die flache Klinge ins Gesicht. Sofort zieht Candide seinen Degen und stößt ihn bis zum Heft in den Leib des Jesuitenbarons. Als er ihn von Blut dampfend herauszog, weinte er: »Mein Gott! nun habe ich meinen früheren Herrn, meinen Freund, meinen Schwager getötet! Ich bin der beste Mensch der Welt und habe drei Menschen aus dem Leben befördert; und zwei von diesen dreien waren Priester.«

Cacambo, der an der Türe der Laube Wache stand, eilte herbei. »Es bleibt uns nichts,« sagte sein Herr, »als unser Leben so teuer wie möglich zu verkaufen; ohne Zweifel wird man bald in die Laube kommen; wir wollen mit den Waffen in der Hand sterben.« Cacambo, der ganz andere Dinge erlebt hatte, verlor den Kopf nicht. Er nahm den Jesuitenrock des Barons, legte ihn Candide an, setzte ihm den eckigen Hut des Toten auf und hieß ihn das Pferd besteigen. All dies geschah im Handumdrehn. »Reiten Sie Galopp, Herr, jeder wird Sie für einen Jesuiten halten, der Befehle zu überbringen hat; wir werden über der Grenze sein, bevor man uns nacheilen kann.« Bei diesen Worten flog er schon dahin und schrie in spanischer Sprache: »Platz, Platz für den ehrwürdigen Pater Oberst!«

Sechzehntes Kapitel

Was den beiden Reisenden mit zwei Mädchen, zwei Affen und Wilden mit dem Namen Schwellohr-Indianer begegnete

Candide und sein Diener hatten die Grenzschranken hinter sich, bevor jemand im Lager etwas vom Tode des deutschen Jesuiten ahnte. Der Ranzen des vorsichtigen Cacambo war mit Brot, Schokolade, Schinken, Obst und einigen Maß Wein gefüllt. Sie drangen auf ihren andalusischen Pferden in unbekanntes Land; sie entdeckten nirgends einen Weg. Endlich tat sich eine schöne, von Bächen durchrieselte Wiese vor ihnen auf. Unsere beiden Reisenden lassen ihre Reittiere weiden. Cacambo schlägt seinem Herrn vor, einen Imbiß zu nehmen. Er geht mit gutem Beispiel voran. »Wie kannst du denken,« sagte Candide, »daß ich Schinken esse, nachdem ich den Sohn des Herrn Barons getötet habe und mich dazu verurteilt weiß, die schöne Kunigunde nie mehr in meinem Leben wiederzusehen? Wozu soll ich meine elenden Tage verlängern, da ich sie fern von ihr unter Gewissensbissen und Vorwürfen hinschleppen muß? Und was wird das Journal von Trévoux dazu sagen?«

Während er so sprach, hörte er nicht auf zu essen. Die Sonne ging unter. Da vernahmen die beiden Verirrten einige leise Rufe, die von Frauen herzurühren schienen. Sie wußten nicht, ob diese Rufe Schmerz oder Freude bedeuteten; aber sie fuhren in die Höhe mit jener Unruhe, die in einem, der ein Land nicht kennt, durch alles zu entstehen pflegt. Das Rufen kam von zwei völlig nackten Mädchen, die am Rande der Wiese dahinliefen, während zwei Affen sie verfolgten und in ihre Hinterbacken bissen. Candide war von Mitleid ergriffen. Er hatte bei den Bulgaren zielen gelernt und er hätte eine Haselnuß von einem Strauch herabgeschossen, ohne die Blätter zu berühren. Er nimmt seine spanische Doppelflinte, schießt und tötet die beiden Affen. »Gott sei gelobt, mein lieber Cacambo! ich habe diese beiden armen Geschöpfe aus einer großen Gefahr befreit. Wenn ich eine Sünde begangen habe, als ich den Inquisitor und den Jesuiten tötete, so habe ich sie jetzt gutgemacht, indem ich das Leben zweier Mädchen rettete. Vielleicht sind es zwei Fräulein von Stande, so daß uns dieses Abenteuer große Vorteile im Lande verschaffen kann.«

Er wollte fortfahren, aber seine Zunge stockte, als er sah, wie die beiden Mädchen die beiden Affen zärtlich umarmten, über ihren Körpern in Tränen ausbrachen und die Luft mit den schmerzlichsten Rufen erfüllten. »So viel Seelengüte hätte ich nicht erwartet,« sagte er schließlich zu Cacambo; worauf dieser erwiderte: »Sie haben da ein Meisterstück geliefert, Herr; Sie haben die beiden Liebhaber dieser Fräuleins getötet.« – »Ihre Liebhaber! wäre es möglich? Du machst dich über mich lustig, Cacambo; wie soll ich dir glauben?« – »Teurer Herr,« versetzte Cacambo, »Sie sind stets über alles erstaunt; warum überrascht es Sie, daß in manchen Ländern Affen die Gunst der Damen erlangen? Sie sind Viertel-Menschen, wie ich Viertel-Spanier bin.« – »Ach!« versetzte Candide, »ich erinnere mich, von Meister Pangloß gehört zu haben, daß in früheren Zeiten ähnliche Vorfälle geschahen, und daß aus solchen Mischungen Pane, Faune und Satyre hervorgegangen seien; daß mehrere große Männer des Altertums dies selbst gesehen hätten; aber ich nahm es für eine Fabel.« – »Sie werden jetzt überzeugt sein,« sagte Cacambo, »daß dies wahr ist; aber Sie sehen auch, wie Menschen ohne Erziehung dazu kommen. Was ich fürchte, ist, daß diese Damen uns eine schlimme Geschichte auf den Hals schicken.«

Diese praktischen Erwägungen bestimmten Candide dazu, die Wiese zu verlassen und sich ins Gehölz zurückzuziehen. Dort aß er mit Cacambo zu Nacht, dann, nachdem sie noch den Inquisitor von Portugal, den Gouverneur von Buenos Aires und den Baron verflucht hatten, schliefen sie auf dem Moosboden ein. Bei ihrem Erwachen fühlten sie, daß sie sich nicht bewegen konnten. Der Grund war, daß sie während der Nacht von den Schwellohr-Indianern, den Eingeborenen des Landes, bei denen die beiden Damen sie verklagt hatten, mit Baststricken geknebelt worden waren. Sie wurden von etwa fünfzig Indianern umringt, die völlig nackt, mit Pfeilen, Keulen und steinernen Hacken bewaffnet waren; die einen brachten in einem großen Kessel Wasser zum Kochen; die anderen schliffen Bratspieße; alle schrien: »Ein Jesuit! Ein Jesuit!

Wir sind gerächt! Wir werden eine feine Mahlzeit halten! Wir werden Jesuitenfleisch essen! Wir werden Jesuitenfleisch essen!«

»Ich hatte es Ihnen vorausgesagt, mein teurer Herr,« rief Cacambo traurig, »daß diese beiden Mädchen uns einen bösen Streich spielen würden.« Als Candide den Kessel und die Bratspieße erblickte, schrie er: »Wir werden sicher gebraten oder gekocht werden. Ach! was würde Meister Pangloß sagen, wenn er sähe, wie die reine Natur beschaffen ist! Alles ist gut; gewiß, aber es ist doch ein grausames Geschick, Fräulein Kunigunde zu verlieren und von diesen Indianern am Spieß gebraten zu werden.« Cacambo verlor niemals den Kopf. »Verzweifeln Sie nicht,« sagte er zu dem trostlosen Candide; »ich verstehe die Sprache dieser Völkerschaften ein wenig, ich werde mit ihnen sprechen.« – »Versäume nicht, ihnen vorzustellen, wie unmenschlich und wie wenig christlich es ist, Menschen zu essen.«

»Meine Herren,« sagte Cacambo, »Sie bestehen also darauf, heute einen Jesuiten zu verzehren? Das ist sehr gut. Nichts ist gerechter als seine Feinde so zu behandeln. In der Tat lehrt uns das Naturrecht, unsern Nächsten zu töten, und die ganze Welt handelt danach. Wenn wir Europäer nicht das Recht, sie zu essen, ausnützen, kommt es nur daher, daß wir genug andere Dinge besitzen, um gute Mahlzeiten zu halten: Sie aber haben nicht dieselben Hilfsquellen wie wir. Gewiß ist es besser, seine Feinde aufzuessen, als Raben und Krähen die Frucht des Sieges zu überlassen. Aber, meine Herren, Sie werden doch nicht Ihre Freunde aufessen wollen. Sie glauben, einen Jesuiten auf den Spieß zu stecken, und es ist Ihr Verteidiger, den Sie braten wollen, der Feind Ihrer Feinde. Was mich betrifft, so bin ich in Ihrem Lande geboren; der Herr, den Sie dort sehen, ist mein Gebieter. Weit entfernt, ein Jesuit zu sein, hat er sogar eben einen Jesuiten getötet, er trägt seine Kleider; das ist die Ursache Ihres Irrtums. Um sich von der Wahrheit meiner Worte zu überzeugen, nehmen Sie seinen Rock, tragen Sie ihn an die nächste Grenzschranke des Jesuitenreichs und fragen Sie, ob mein Herr nicht einen Jesuitenoffizier getötet habe. Das braucht wenig Zeit, Sie können uns immer noch aufessen, wenn Sie finden, daß ich Sie belogen habe. Wenn ich aber die Wahrheit gesagt habe, kennen Sie die Grundsätze des öffentlichen Rechtes und der Sittengesetze zu gut, um uns nicht Gnade zu erweisen.«

Die Schwellohr-Indianer fanden diese Rede sehr vernünftig; sie sandten zwei Häuptlinge ab, die sich genau nach der Wahrheit erkundigen sollten. Die beiden Abgesandten entledigten sich ihres Auftrages als gescheite Leute und kamen bald mit guten Nachrichten zurück. Die Indianer banden ihre beiden Gefangenen los, erwiesen ihnen alle möglichen Höflichkeiten, boten ihnen Mädchen an, reichten ihnen

Erfrischungen und brachten sie zu den Grenzen ihres Staates unter den freudigen Rufen: »Er ist kein Jesuit! Er ist kein Jesuit!«

Candide wurde nicht müde, den Grund seiner Befreiung zu bestaunen. »Welches Volk,« sagte er, »welche Menschen! Welche Sitten! Hätte ich nicht das Glück gehabt, den Bruder des Fräuleins Kunigunde mit meinem Degen zu durchbohren, würde ich ohne Erbarmen aufgefressen worden sein. Indessen ist – trotz allem – die Natur ursprünglich gut; denn diese Menschen haben, anstatt mich zu essen, mir tausend Höflichkeiten erwiesen, von dem Moment an, da sie wußten, daß ich kein Jesuit sei.«

Siebzehntes Kapitel

Ankunft Candides und seines Dieners im Land Eldorado und was sie dort erblickten

Als sie an den Grenzen des Indianergebiets angelangt waren, sagte Cacambo zu Candide: »Sie sehen, diese Halbkugel ist nicht besser als die andere; glauben Sie mir, lassen Sie uns auf dem kürzesten Weg nach Europa zurückkehren.« – »Wie sollen wir dies anfangen?« sagte Candide. »Und wohin? Gehe ich in mein Land, finde ich Bulgaren und Abaren, die alles erdrosseln; kehre ich nach Portugal zurück, werde ich verbrannt; bleiben wir hier, sind wir jeden Augenblick in Gefahr, am Spieß gebraten zu werden. Und wie soll ich mich entschließen, den Erdteil zu verlassen, den Fräulein Kunigunde bewohnt?« – »Lassen Sie uns nach Cayenne gehen,« sagte Cacambo, »wir werden dort Franzosen finden, die überall in der Welt sind; sie können uns helfen. Gott hat vielleicht Erbarmen mit uns.«

Es war nicht leicht, nach Cayenne zu gelangen; zwar wußten sie ungefähr, nach welcher Richtung sie gehen mußten; aber Berge, Flüsse, Abgründe, Räuber, Wilde waren überall furchtbare Hindernisse. Ihre Pferde starben an Erschöpfung, ihre Vorräte verbrauchten sich; einen ganzen Monat nährten sie sich von wilden Früchten. Endlich kamen sie an einen kleinen Fluß, an dessen Ufer Kokospalmen standen, mit deren Früchten sie ihr Leben und ihre Hoffnungen fristeten.

Cacambo, der immer ebenso gute Ratschläge erteilte wie die Alte, sagte zu Candide: »Wir können nicht mehr weiter, wir sind genug marschiert; ich sehe ein leeres Boot auf dem Fluß, wir füllen es mit Kokosnüssen, werfen uns hinein und lassen uns dahintreiben; ein Fluß führt immer zu irgendeiner bewohnten Stelle. Wenn wir nichts Angenehmeres finden, so werden wir doch etwas Neues entdecken.« – »Fahren wir«, sagte Candide, »und empfehlen wir uns der Vorsehung.«

So trieben sie einige Meilen zwischen den bald blühenden, bald kahlen, bald glatten, bald steilen Ufern dahin. Der Fluß wurde immer breiter; schließlich verlor er sich unter einer Wölbung von ungeheuren Felsen, die sich bis zum Himmel erhoben. Die beiden Reisenden hatten die Kühnheit, sich unter dieser Wölbung den Fluten zu überlassen Der an dieser Stelle verengerte Strom trug sie mit furchtbarem Lärm und rasender Geschwindigkeit dahin. Nach vierundzwanzig Stunden erblickten sie das Tageslicht wieder; aber ihr Boot zerbrach an den Klippen. Eine ganze Meile mußten sie sich von Fels zu Fels schleppen. Endlich entdeckten sie einen ungeheuren Horizont, eingesäumt von unerreichbaren Bergen. Das Land war zum Vergnügen wie zum täglichen Bedarf bebaut; überall war Nützliches mit Angenehmem verbunden. Die Wege waren bedeckt oder vielmehr geschmückt mit Wagen aus herrlichem Material und prachtvoller Form, in welchen Männer und Frauen von seltsamer Schönheit saßen. Sie wurden gezogen von großen roten Hammeln; die an Schnelle die schönsten Pferde von Andalusien, Tetuan und Mequinez übertrafen.

»Endlich ein Land,« rief Candide, »das schöner ist als Westfalen.« Gleich beim nächsten Dorfe stieg er mit Cacambo ab. Einige Kinder in völlig zerrissenem Goldbrokat spielten am Eingang zur Ortschaft mit Wurfkugeln. Unsere beiden Leute aus der alten Welt unterhielten sich damit, ihnen zuzusehen. Ihre großen, runden, gelben, roten, grünen Kugeln strahlten in einem merkwürdigen Glänze. Die Reisenden hoben aus Neugier einige auf: sie waren aus Gold, Edelsteinen, Rubinen, deren geringster der Hauptschmuck des Großmogul-Thrones gewesen wäre. »Sicher«, sagte Candide, »sind diese Kinder Söhne des Königs des Landes, die Murmel spielen.« In diesem Augenblick erschien der Dorfschullehrer, um sie in die Schule zu treiben. »Hier kommt«, meinte Candide, »der Erzieher der königlichen Familie.«

Die kleinen verlumpten Burschen hörten sofort auf zu spielen und ließen ihre Wurfkugeln und alles, was zu ihrer Unterhaltung gedient hatte, auf dem Boden liegen. Candide hob sie auf, lief zum Prinzenerzieher, bot sie ihm ehrfurchtsvoll dar und bedeutete ihm durch Zeichen, daß ihre königlichen Hoheiten ihr Gold und ihre Edelsteine vergessen hätten. Der Dorfschulmeister warf die Kugeln lächelnd auf den Boden, betrachtete einen Augenblick Candides Gesicht mit großer Überraschung und setzte seinen Weg fort.

Die Reisenden versäumten nicht, das Gold, die Rubinen und Smaragden zu sammeln. »Wo sind wir?« rief Candide; »die Kinder dieses Königs müssen gut erzogen sein, da man sie lehrt, Gold und Edelsteine gering zu schätzen.« Cacambo war ebenso überrascht wie Candide. Sie näherten sich dem ersten Haus des Dorfes; es war gebaut wie ein europäischer Palast. Eine Menge Menschen drängte sich in der Tür, noch mehr in der Wohnung selbst; eine angenehme Musik wurde vernehmbar, und ein köstlicher Küchengeruch stieg in die Nase. Cacambo ging an die Tür und hörte, daß Peruvianisch gesprochen wurde; es war seine Muttersprache; denn jedermann weiß, daß Cacambo in Tucuman geboren war, in einem Dorfe, wo man nur diese Sprache kannte. »Ich werde Ihr Dolmetscher sein,« sagte er zu Candide, »wir wollen eintreten, es ist ein Wirtshaus.«

Sofort werden sie von zwei Kellnern und zwei Kellnerinnen in goldverzierten Kleidern und bandgeschmücktem Haar eingeladen, sich an den Gasttisch zu setzen. Man trug viererlei Suppen auf, von denen jede mit zwei Papageien garniert war; dann einen gekochten Geier von zweihundert Pfund Gewicht, zwei gebratene Affen von erlesenem Geschmack, dreihundert Kolibris auf einer Platte und sechshundert Fliegenvögel auf einer anderen; ferner ausgezeichnete Ragouts und köstliches Backwerk: das Ganze auf Schüsseln aus einer Art Bergkristall. Kellner und Kellnerinnen schenkten mehrere Liköre aus Zuckerrohr ein.

Die Gäste waren hauptsächlich Händler und Fuhrleute; alle waren von äußerster Höflichkeit. Sie stellten mit behutsamem Zartgefühl einige Fragen an Cacambo und antworteten auf die seinen in durchaus befriedigender Weise.

Als das Mahl zu Ende war, glaubte Cacambo, ebenso wie Candide, die Zeche reichlich zu bezahlen, indem sie zwei der Goldstücke, die sie aufgelesen hatten, auf den Gasttisch warfen; der Wirt und die Wirtin brachen in Gelächter aus und hielten sich lange die Seiten. Schließlich faßten sie sich. »Meine Herren,« sagte der Wirt, »wir sehen wohl, daß Sie Fremde sind; wir sind nicht gewöhnt, welche zu sehen. Verzeihen Sie, wenn wir gelacht haben, als Sie uns die Steine unserer Landstraßen als Zahlung boten. Zweifellos besitzen Sie kein Geld des Landes, aber Sie brauchen es auch nicht, um hier zu speisen. Alle Gasthäuser, die der Erleichterung des Handels dienen, werden von der Regierung bezahlt. Sie haben hier eine geringe Mahlzeit gehabt, weil es ein armes Dorf ist; überall sonst werden Sie aufgenommen werden, wie Sie es verdienen.« Cacambo übersetzte Candide die ganze Rede des Wirtes, und Candide hörte sie mit demselben Staunen und ebenso fassungslos an, wie sein Freund Cacambo sie ihm erzählte. »Wie heißt dieses Land,« sagten sie zueinander, »das der übrigen Welt unbekannt ist, und in dem die ganze Natur so verschieden von der unseren ist? Es ist wahrscheinlich das Land, in dem alles gut geht: denn es muß eines dieser Art geben.« »Und was auch Meister Pangloß meinte« (setzte Candide hinzu), »ich habe oft bemerkt, daß in Westfalen alles schlecht ging.«

Achtzehntes Kapitel

Was sie im Lande Eldorado sahen

Cacambo bezeugte dem Wirt seine ganze Neugier. Der Wirt sagte: »Ich bin sehr unwissend und fühle mich wohl dabei; aber wir haben hier einen Greis, der früher am Hofe war, der weiseste und mitteilsamste Mann des Königreiches.« Sofort führte er Cacambo zu dem Greise. Candide spielte nur noch die zweite Rolle und begleitete seinen Diener. Sie traten in ein sehr einfaches Haus, denn die Tür war nur aus Silber, und die Wände waren nur mit Gold ausgelegt; aber alles war mit so viel Geschmack gearbeitet, daß das reichste Wandgetäfel es nicht verdunkeln konnte. Das Vorzimmer war in der Tat nur mit Rubinen und Saphiren eingelegt. Aber die Schönheit der Anordnung machte diese äußerste Einfachheit wieder gut.

Der Greis empfing die beiden Fremden auf einem Sofa, das mit Kolibrifedern gepolstert war, und hieß ihnen Getränke in Diamantbechern reichen. Darauf befriedigte er ihre Neugier folgendermaßen:

»Ich bin einhundertundzweiundsiebzig Jahre alt. Mein verstorbener Vater, der Stallmeister des Königs, hat mit von den erstaunlichen Revolutionen in Peru, deren Zeuge er war, erzählt. Unser Königreich ist das alte Land der Inkas, die es unklugerweise verließen, um einen Teil der Welt zu unterjochen, und die schließlich von den Spaniern vernichtet wurden. Die Prinzen ihres Stammes, die in ihrem Heimatlande blieben, waren klüger; sie befahlen, mit dem Einverständnis der Nation, daß kein Einwohner je aus unserem kleinen Königreich auswandern dürfe; das hat uns unsere Unschuld und unser Glück bewahrt. Die Spanier haben eine dunkle Vorstellung von unserem Lande gehabt, sie nannten es Eldorado. Ein Engländer namens Raleigh[9] ist uns vor ungefähr hundert Jahren sogar ganz nahe gewesen. Da uns jedoch unzugängliche Felsen und Abgründe umgeben, waren wir bis jetzt vor der Raubgier der europäischen Nationen geschützt; sie haben eine unbegreifliche Leidenschaft für die Steine und den Schlamm unseres Bodens und würden, um etwas davon zu bekommen, uns bis auf den letzten Mann töten.«

Die Unterhaltung zog sich lange hin; sie drehte sich um die Regierungsform, um Sitten, Frauen, öffentliche Schauspiele, Künste. Schließlich ließ Candide, der immer Sinn für Metaphysik hatte, durch Cacambo fragen, ob es eine Religion im Lande gäbe.

---

[9] Sir Walter Raleigh.

Der Greis errötete leicht. »Wie«, sagte er, »können Sie daran zweifeln? Halten Sie uns für Undankbare?« Cacambo fragte ehrerbietig, welches die Religion von Eldorado sei. Der Greis errötete abermals. »Kann es überhaupt zweierlei Religionen geben?« sagte er; »wir haben, glaube ich, die Religion aller; wir beten Gott an vom Abend bis zum Morgen.« – »Beten Sie nur einen einzigen Gott an?« fragte Cacambo, der immer Candides Zweifel übersetzte. »Offenbar«, sagte der Greis, »gibt es nicht zwei, drei oder vier. Ich muß sagen, daß die Leute aus Ihrer Welt sehr sonderbare Fragen stellen.« Candide wurde nicht müde, diesen guten Greis ausfragen zu lassen; er wollte wissen, wie man in Eldorado zu Gott bete. »Wir bitten ihn um nichts,« sagte der gute und ehrenwerte Weise; »wir haben nichts von ihm zu erbitten, er hat uns alles gegeben, was wir brauchen; wir danken ihm unaufhörlich.« Candide war so neugierig, Priester sehen zu wollen; er ließ fragen, wo sie seien. Der gute Greis lächelte. »Meine Freunde,« sagte er, »wir sind alle Priester; der König und alle Familienhäupter singen jeden Morgen feierlichst ihre Danksagungslieder unter Begleitung von fünf- oder sechstausend Musikanten.« – »Wie! Sie haben keine Mönche, die lehren, streiten, regieren, intrigieren und Leute, die anderer Meinung sind, verbrennen lassen?« – »Da müßten wir ja toll sein,« sagte der Greis; »wir hier sind alle derselben Meinung und verstehen nicht, was Sie mit Ihren Mönchen sagen wollen.« Candide war, bei all diesen Reden in Begeisterung und sagte zu sich selbst: »Dies ist sehr verschieden von Westfalen und dem Schlosse des Herrn Barons: wenn unser Freund Pangloß Eldorado gesehen hätte, würde er nicht mehr behauptet haben, das Schloß Thunder-ten-tronckh sei das beste auf der Welt; es ist klar, daß man reisen muß.«

Nach dieser langen Unterhaltung ließ der gute Greis eine Karosse mit sechs Hammeln bespannen und gab den beiden Reisenden ein Dutzend seiner Diener mit, um sie an den Hof zu geleiten. »Entschuldigen Sie mich,« sagte er, »mein Alter beraubt mich der Ehre, Sie zu begleiten. Der König wird Sie auf eine Art empfangen, die Sie befriedigen wird; Sie werden gewiß den Gebräuchen des Landes vergeben, wenn einige Ihnen mißfallen sollten.«

Candide und Cacambo steigen in die Karosse; die sechs Hammel flogen dahin, und in weniger als vier Stunden kamen sie zum Palast des Königs, der am einen Ende der Hauptstadt lag. Das Portal war zweihundert Fuß hoch und hundert breit; es ist unmöglich mit Worten zu sagen, aus welchem Material es bestand. Man sieht daraus, wie wunderbar überlegen es den Kieselsteinen und dem Sande sein mußte, die wir Gold und Juwelen nennen.

Zwanzig schöne Ehrendamen empfingen Candide und Cacambo, als sie der Karosse entstiegen, führten sie ins Bad und kleideten sie in Gewänder aus einem Gewebe von

Kolibriflaum; worauf die Oberhofmeister und Oberhofmeisterinnen sie der Sitte gemäß in die Gemächer Seiner Majestät führten, mitten durch zwei Reihen von je tausend Musikern. Als sie sich dem Thronsaale näherten, fragte Cacambo einen Oberhofmeister, wie man Seine Majestät grüßen müsse; ob man sich auf die Knie oder mit dem Bauch zur Erde werfen solle; ob man die Hände an den Kopf oder auf den Hintern zu legen habe; ob man den Staub des Saales ablecken müsse; kurz welches die Vorschrift sei. »Der Brauch ist,« sagte der Oberhofmeister, »den König zu umarmen und ihn auf beide Wangen zu küssen.« Candide und Cacambo fielen dem König um den Hals; dieser empfing sie mit aller erdenklichen Liebenswürdigkeit und lud sie höflich zum Abendessen ein.

Inzwischen zeigte man ihnen die Stadt und ihre öffentlichen Gebäude, die bis zu den Wolken reichten, Marktplätze, die mit tausend Säulen geschmückt waren; Fontänen mit reinem Wasser, mit Rosenwasser, mit Zuckerrohrlikören, liefen ununterbrochen auf großen, mit Edelsteinen gepflasterten Plätzen, von denen ein Duft ähnlich wie Gewürznelken und Zimt emporstieg. Candide wollte den Justizpalast und das Parlament sehen. Man sagte ihm, daß es diese nicht gäbe, da niemand Grund zur Klage habe. Er fragte nach den Gefängnissen; es existierten keine. Was ihn noch mehr überraschte und ihm am meisten Vergnügen bereitete, war der Palast der Wissenschaften, in dem er eine zweitausend Schritte lange Galerie sah, die ganz mit mathematischen und physikalischen Instrumenten gefüllt war.

Nachdem sie den ganzen Nachmittag gebraucht hatten, um ungefähr ein Tausendstel der Stadt zu sehen, führte man sie wieder zum König. Candide saß an der Tafel zwischen Seiner Majestät, seinem Diener Cacambo und mehreren Damen. Nie war ein besseres Mahl, und nie zeigte eine Majestät mehr Geist bei Tische als diese. Cacambo erklärte Candide die Witze des Königs, die trotz der Übersetzung Witze blieben. Von allem, was Candide überraschte, war dieses nicht das wenigst Überraschende.

Sie brachten einen Monat an dieser gastlichen Stätte zu. Candide hörte nicht auf, zu Cacambo zu sagen: »Es ist wahr, mein Freund, ich wiederhole es, das Schloß, in dem ich geboren wurde, reicht nicht an das Land heran, in dem wir uns befinden. Aber Fräulein Kunigunde ist fern, und du hast sicher auch irgendeine Geliebte in Europa. Bleiben wir hier, sind wir nichts anderes als die anderen, kehren wir aber mit nur zwölf mit Kieselsteinen aus Eldorado beladenen Hammeln in unser Land zurück, sind wir reicher als alle Könige zusammen, haben keine Inquisitoren mehr zu fürchten und können leicht Fräulein Kunigunde zurückholen.«

Diese Rede gefiel Cacambo. So sehr liebt der Mensch, umherzustreifen, sich zu Hause anstaunen zu lassen, mit dem, was er auf Reisen gesehen, zu prahlen, daß die beiden Glücklichen beschlossen, nicht mehr glücklich zu sein und sich von Seiner Majestät zu verabschieden.

»Sie begehen eine Dummheit,« sagte der König; »ich weiß wohl, mein Land bietet nicht viel; aber wenn es einem irgendwo leidlich gut geht, soll man dort bleiben. Ich habe sicher nicht das Recht, Fremde zurückzuhalten; das ist eine Tyrannei, die weder unseren Sitten noch unseren Gesetzen entspricht: alle Menschen sind frei. Reisen Sie, wenn Sie wollen, aber der Ausgang aus dem Lande ist schwierig. Es ist unmöglich, den schnellen Strom, über den Sie durch ein Wunder gekommen sind, und der unter den Felsenwölbungen hinläuft, hinaufzufahren. Die Berge, die mein Königreich umgeben, sind zehntausend Fuß hoch und steil wie Mauern; jeder nimmt eine Breite von mehr als zehn Meilen ein; man kann nur über Abgründe wieder heruntersteigen. Indessen werde ich, da Sie durchaus abreisen wollen, meinen Ingenieuren Befehl geben lassen, eine Maschine zu verfertigen, die Sie bequem befördern soll. Wenn Sie jenseits der Berge angelangt sind, kann Sie niemand weiter begleiten: denn meine Untertanen haben geschworen, niemals ihre Grenzen zu verlassen, und sie sind zu klug, um ihren Schwur zu brechen. Sonst können Sie von mir erbitten, was Sie belieben.« – »Wir bitten Eure Majestät um nichts,« sagte Cacambo, »als um einige mit Lebensmitteln, Kieselsteinen und dem Schlamm des Landes bepackte Hammel.« Der König lachte. »Ich verstehe nicht,« sagte er, »welchen Geschmack Ihr Europäer an unserem gelben Schlamm findet; aber nehmen Sie, so viel Sie wollen, und bekomme es Ihnen wohl.«

Er gab seinen Ingenieuren sofort Befehl, eine Maschine zu bauen, die diese beiden merkwürdigen Männer aus dem Königreich befördern sollte. Dreitausend gute Köpfe arbeiteten daran; nach vierzehn Tagen war sie fertig. Sie kostete nicht mehr als zwanzig Millionen Pfund Sterling in der Münze des Landes. Man setzte Candide und Cacambo auf die Maschine; zwei große rote, zum Reiten gesattelte und gezäumte Hammel bekamen sie mit für den Weg jenseits der Berge; ferner zwanzig Lasthammel mit Lebensmitteln, dreißig mit Geschenken aus den seltensten Dingen des Landes und fünfzig mit Gold, Edelsteinen und Diamanten beladen. Der König umarmte die beiden Vagabunden aufs zärtlichste.

Ihre Abreise und die geniale Art, wie sie mitsamt ihren Hammeln von der Maschine auf die Höhe der Berge befördert wurden, gestaltete sich zu einem großartigen Schauspiel. Die Ingenieure nahmen von ihnen Abschied, nachdem sie sie sicher abgesetzt hatten. Candide kannte nun keinen andern Wunsch und kein anderes Ziel mehr, als seine Hammel Fräulein Kunigunde zuzuführen. »Wir können jetzt«, sagte er, »den

Gouverneur von Buenos Aires bezahlen, wenn Fräulein Kunigunde überhaupt bezahlt werden kann. Gehen wir nach Cayenne, dort schiffen wir uns ein und werden sehen, welches Königreich wir kaufen können.«

Neunzehntes Kapitel

Was ihnen in Surinam begegnete und wie Candide Martin kennen lernte

Der erste Tag verlief für unsere Reisenden sehr angenehm. Sie waren ermutigt von dem Gedanken, sich im Besitz größerer Schätze zu sehen, als Asien, Europa und Afrika zusammen fassen konnten. Candide war hingerissen; er schnitt den Namen Kunigundes in die Bäume. Am zweiten Tag sanken zwei ihrer Hammel in einen Sumpf und wurden samt ihrer Ladung verschlungen; zwei andere starben einige Tage später an Ermattung; sieben oder acht kamen in einer Wüste vor Hunger um; wieder andere fielen nach etlichen Tagen in Abgründe. Schließlich – nach einem hunderttägigen Marsch – blieben ihnen nur noch zwei Hammel. Candide sagte zu Cacambo: »Mein Freund, du siehst, wie die Reichtümer dieser Welt vergänglich sind; es gibt nichts Dauerhaftes als die Tugend und das Glück, Fräulein Kunigunde wiederzusehen.« – »Ich gebe es zu,« sagte Cacambo, »aber es bleiben uns noch zwei Hammel mit mehr Schätzen, als der König von Spanien je haben wird; und ich sehe von weitem eine Stadt, die ich für Surinam halte, das den Holländern gehört. Wir stehen am Ende unserer Leiden und am Anfang unseres Glückes.«

Als sie sich der Stadt näherten, begegneten sie einem auf der Erde liegenden Neger, der nur noch die Hälfte seines Anzuges hatte, das heißt einer blauen Leinwandhose; es fehlte diesem armen Mann das linke Bein und die rechte Hand. »Ha! mein Gott!« sagte Candide in holländischer Sprache, »was tust du hier, mein Freund, in diesem schrecklichen Zustand?« – »Ich erwarte meinen Gebieter, den Herrn Vanderdendur, den berühmten Kaufherrn,« antwortete der Neger. – »Ist es Herr Vanderdendur, der dich so zugerichtet hat?« – »Ja, mein Herr,« sagte der Neger, »das ist der Brauch. Man gibt uns als einzige Kleidung zweimal im Jahr eine Leinwandhose. Wenn wir in den Zuckersiedereien arbeiten und der Mahlstein uns den Finger abreißt, schneidet man uns die Hand ab; wenn wir fliehen wollen, schneidet man uns das Bein ab; ich befand mich in beiden Fällen. Um diesen Preis essen Sie in Europa Zucker. Und doch hat meine Mutter, als sie mich an der Küste von Guinea für zehn patagonische Taler verkaufte, zu mir gesagt: ›Mein teures Kind, segne unsere Fetische, bete sie stets an, sie werden dich glücklich machen; du hast die Ehre, Sklave unserer weißen Gebieter zu werden, und machst dadurch das Glück deines Vaters und deiner Mutter.‹ Ach! ich weiß nicht, ob ich ihr Glück gemacht habe, jedenfalls haben sie das meine nicht gemacht. Hunde, Affen und Papageien sind tausendmal weniger unglücklich als wir. Die holländischen Fetische, die mich bekehrt haben, sagen mir jeden Sonntag, daß wir alle, Weiße und Schwarze, Kinder Adams seien. Ich bin kein Genealoge; wenn aber diese Prediger recht haben, sind wir alle Geschwisterkindeskinder. Nun, Sie werden zugeben, daß man mit seinen Verwandten nicht furchtbarer umgehen kann.«

»O Pangloß!« rief Candide, »diesen Abgrund von Niedertracht hast du nicht geahnt; es ist so weit, ich werde schließlich auf deinen Optimismus verzichten müssen.« – »Was ist Optimismus?« fragte Cacambo. – »Ach,« sagte Candide, »das ist die Raserei, zu behaupten, alles sei gut, wenn es einem schlecht geht.« Und er vergoß Tränen beim Anblick des Negers. Unter Weinen zog er in Surinam ein.

Das erste, wonach sie sich erkundigt, war, ob nicht im Hafen irgendein Schiff liege, das man nach Buenos Aires schicken könne. Der Mann, an den sie sich wandten, war gerade ein spanischer Schiffspatron; er bot sich zu ehrlichem Handel an. Er verabredete sich mit ihnen in einem Wirtshaus. Candide und der treue Cacambo erwarteten ihn dort mit ihren beiden Hammeln.

Candide, der das Herz auf der Zunge hatte, erzählte dem Spanier all seine Abenteuer; auch gestand er ihm, daß er Fräulein Kunigunde entführen wolle. »Ich werde mich wohl hüten,« sagte der Schiffspatron, »Sie nach Buenos Aires zu fahren; ich würde gehängt werden und Sie ebenfalls. Die schöne Kunigunde ist die Favoritin des Gouverneurs.« Dies war ein Schlag für Candide; er weinte lange; dann zog er Cacambo beiseite. »Höre, teurer Freund,« sagte er zu ihm, »was du tun mußt. Wir haben jeder für fünf oder sechs Millionen Diamanten in unseren Taschen; du bist geschickter als ich; hole Fräulein Kunigunde in Buenos Aires ab. Macht der Gouverneur Schwierigkeiten, gib ihm eine Million; fügt er sich noch nicht, gib ihm zwei. Du hast den Inquisitor nicht getötet, man wird dir nicht mißtrauen. Ich werde ein anderes Schiff mieten; ich erwarte dich in Venedig: das ist ein freies Land, wo man weder von den Bulgaren, noch den Abaren, Juden oder Inquisitoren etwas zu fürchten hat.« Cacambo spendete diesem klugen Entschluß Beifall. Zwar war er verzweifelt, sich von einem so guten Herrn, der sein vertrauter Freund geworden war, trennen zu müssen; aber die Freude, ihm nützlich zu sein, war stärker als der Schmerz, ihn zu verlassen. Sie umarmten sich unter Tränen: Candide empfahl ihm, die gute Alte nicht zu vergessen. Cacambo reiste am selben Tag ab; dieser Cacambo war ein sehr guter Mensch.

Candide blieb noch einige Zeit in Surinam. Er wartete darauf, daß ein anderer Schiffspatron ihn und seine zwei übriggebliebenen Hammel nach Italien mitnähme.

Er mietete Diener und kaufte alles Nötige für solch eine lange Reise. Endlich stellte sich ihm Herr Vanderdendur, der Besitzer eines großen Schiffes, vor. »Wieviel wollen Sie dafür?« fragte er diesen Mann, »wenn Sie mich auf dem nächsten Weg nach Venedig fahren, mich, meine Leute, mein Gepäck und diese beiden Hammel hier?« Der Kapitän forderte zehntausend Piaster; Candide willigte sofort ein.

»Aha,« sagte der schlaue Vanderdendur zu sich selbst, »dieser Fremde zahlt zehntausend Piaster, ohne ein Wort zu verlieren; er muß sehr reich sein.« Einen Augenblick später kam er zurück und teilte mit, daß er unter zwanzigtausend nicht abfahren könne.« – »Gut, Sie sollen sie haben,« sagte Candide. – »Potztausend,« sagte ganz leise der Kaufherr, »dieser Mann gibt zwanzigtausend Piaster ebenso leicht aus wie zehntausend!«

Dann kam er wieder und sagte, er könne ihn nicht unter dreißigtausend Piastern nach Venedig fahren. »Sie werden also dreißigtausend bekommen,« antwortete Candide. – »Oh, oh,« sagte sich wieder der holländische Kaufmann, »dreißigtausend Piaster sind für diesen Mann nichts; zweifellos tragen die beiden Hammel ungeheure Schätze; bestehen wir nicht auf mehr; lassen wir uns die dreißigtausend Piaster zunächst auszahlen, das Weitere wird sich finden.«

Candide verkaufte zwei kleine Diamanten; der kleinere war mehr wert als die ganze Summe, die der Schiffspatron verlangte. Er zahlte im voraus. Die beiden Hammel wurden eingeschifft. Candide folgte in einem kleinen Boot, um das Schiff auf der Reede zu besteigen. Der Patron nützte die Zeit, hißte die Segel und fuhr ab; der Wind war ihm günstig, Candide, außer sich und ratlos, verlor ihn bald aus dem Auge. »Ach!« rief er, »das ist ein Streich, der der alten Welt würdig ist!« In Schmerz versunken, kehrte er ans Ufer zurück; denn schließlich hatte er doch ein Vermögen verloren, das für zwanzig Monarchen gereicht hätte.

Er begab sich zum holländischen Richter; da er ein wenig aufgeregt war, klopfte er heftig an die Tür; er trat ein, erzählte sein Abenteuer und schrie ein wenig lauter, als es passend war. Der Richter begann damit, daß er ihn zehntausend Piaster zahlen ließ, für den Lärm, den er gemacht hatte. Dann hörte er ihn geduldig an; versprach, seine Angelegenheit zu untersuchen, sobald der Kaufmann zurückgekehrt sei, und ließ sich noch einmal zehntausend Piaster für die Audienz zahlen.

Dies Verfahren brachte Candide vollends außer sich. Er hatte ja tausendmal schmerzlichere Dinge erlitten; aber die Kaltblütigkeit des Richters und die des Schiffspatrons, der ihn bestohlen hatte, entzündete ihm die Galle; er verfiel in tiefe Melancholie. Die Schlechtigkeit der Menschen stellte sich seinem Geist in ihrer ganzen Häßlichkeit dar; er gab sich den düstersten Gedanken hin. Schließlich mietete er auf einem französischen Schiffe, das im Begriffe war, nach Bordeaux zu fahren, eine Kabine zum regelrechten Preis, da er ja keine mit Diamanten beladenen Hammel mehr zu verladen hatte. In der Stadt ließ er verbreiten, daß er einen ehrlichen Mann suche, der die Reise mit ihm mache. Er zahle Überfahrt, Unterhalt und zweitausend Piaster unter der Bedingung, daß dieser Mann der am meisten vom Leben angeekelte und der unglücklichste des Landes sei.

Es meldete sich eine solche Menge Bewerber, daß eine Flotte sie nicht hätte aufnehmen können. Candide wollte unter den glaubwürdigsten wählen. Er suchte etwa zwanzig Leute aus, die ihm umgänglich schienen und die alle behaupteten, sie verdienten den Vorzug. Er versammelte sie in seinem Gasthaus und gab ihnen ein Abendessen, unter der Bedingung, daß jeder einen Eid schwur, ihm seine Geschichte wahrheitsgetreu zu erzählen. Er versprach, denjenigen zu wählen, der ihm als der Beklagenswerteste und mit Recht über sein Geschick Unzufriedenste erschiene. Den anderen werde er eine Entschädigung zahlen.

Die Sitzung dauerte bis vier Uhr morgens. Beim Hören all dieser Abenteuer erinnerte sich Candide an die Fahrt nach Buenos Aires und die Wette der Alten, daß niemand auf dem Schiffe sei, der nicht großes Unglück erlebt hätte. Er dachte an Pangloß bei jedem Abenteuer, das man ihm erzählte. »Dieser Pangloß«, sagte er, »wäre sehr in Verlegenheit, wenn er sein System beweisen sollte. Ich wollte, er wäre hier. Wenn irgendwo alles gut geht, ist es in Eldorado und nicht auf der übrigen Erde.« Schließlich entschied er zugunsten eines armen Gelehrten, der zehn Jahre für Buchhändler in Amsterdam gearbeitet hatte. Er meinte, es gäbe kein Handwerk auf der Welt, dessen man mehr überdrüssig sein könne.

Dieser Gelehrte, sonst ein guter Mensch, war von seiner Frau bestohlen, von seinem Sohne geschlagen, von seiner Tochter, die von einem Portugiesen entführt worden war, verlassen worden. Er hatte soeben die kleine Stellung, von der er lebte, verloren; die Prediger von Surinam verfolgten ihn, weil sie ihn für einen Sozinianer hielten. Man muß gestehen, daß die anderen zum mindesten ebenso unglücklich waren wie dieser; aber Candide hoffte, der Gelehrte werde ihm auf der Fahrt die Zeit verkürzen. Alle Mitbewerber fanden, daß Candide eine große Ungerechtigkeit begehe; er beschwichtigte sie, indem er jedem hundert Piaster schenkte.

Zwanzigstes Kapitel

Was Candide und Martin auf dem Meere begegnete

Der alte Gelehrte, der Martin hieß, schiffte sich mit Candide nach Bordeaux ein. Beide hatten viel gesehen und viel gelitten, und wenn das Schiff von Surinam nach Japan über das Kap der guten Hoffnung gesegelt wäre, hätten sie für den ganzen Weg Stoff gehabt zur Unterhaltung über das moralische und physische Übel.

Indessen hatte Candide einen großen Vorteil vor Martin: er hoffte immer noch Fräulein Kunigunde wiederzusehen, und Martin hatte nichts mehr zu hoffen. Überdies besaß er noch Gold und Diamanten. Obgleich er hundert dicke rote Hammel mit den größten Schätzen der Erde verloren hatte und der Schurkenstreich des holländischen Patrons ihm das Herz abdrückte, neigte er dennoch – bei dem Gedanken an den Besitz, der noch in seiner Tasche war, und beim Gespräch über Kunigunde, besonders am Ende der Mahlzeiten, zu dem System des guten Pangloß.

»Aber Sie, Herr Martin,« sagte er zu dem Gelehrten, »was denken Sie über dies alles? Was ist Ihre Idee vom moralischen und physischen Übel?« – »Herr Candide,« antwortete Martin, »unsere Priester haben mich beschuldigt, Sozinianer[10] zu sein; aber die Wahrheit ist, daß ich Manichäer[11] bin.« – »Sie machen sich lustig über mich,« sagte Candide, »es gibt keine Manichäer mehr in der Welt.« – »Ich bin einer,« sagte Martin, »ich weiß nicht, warum, aber ich kann nicht anders denken.« – »Sie müssen den Teufel im Leibe haben,« sagte Candide. – »Er mischt sich so sehr in die Angelegenheiten dieser Welt,« sagte Martin, »daß er ganz wohl auch in meinem Leibe sein könnte, so gut wie irgendwo anders. Aber ich gestehe, wenn ich einen Blick auf diese Erdkugel, vielmehr dieses Erdkügelchen werfe, denke ich, daß Gott sie irgendeinem bösen Wesen überlassen habe; ich nehme dabei immer Eldorado aus. Ich habe keine Stadt gesehen, die nicht den Untergang der Nachbarstadt gewünscht hätte; keine Familie, die nicht irgendeine andere Familie hätte vernichten wollen. Überall verfluchen die Schwachen die Mächtigen, vor denen sie kriechen, und die Mächtigen behandeln sie wie eine Schafherde, deren Wolle und Fleisch man verkauft. Eine Million in Regimentern eingereihter Mörder rennen von einem Ende Europas zum anderen, um Mord und Raub mit Disziplin und als Broterwerb auszuüben, da es kein ehrlicheres Handwerk gibt; und in den Städten, in denen der Friede zu herrschen scheint und die Künste blühen, werden die Menschen von Neid, Sorgen und Unruhen verzehrt, mehr

---

[10] Die Sozinianer verwerfen die Wunder und geben nur das Augenscheinliche zu.
[11] Die Manichäer geben ein gutes und ein böses Prinzip zu.

als eine belagerte Stadt Plagen hat. Noch grausamer als das öffentliche Elend ist der geheime Kummer. Mit einem Wort, ich habe so viel gesehen und durchgemacht, daß ich Manichäer geworden bin.« – »Es gibt trotzdem auch Gutes,« sagte Candide. – »Vielleicht,« erwiderte Martin, »aber ich kenne es nicht.«

Mitten in dieser Unterhaltung hörte man Kanonendonner, der sich schnell verstärkte. Jeder nahm sein Fernglas. Man erblickte zwei Schiffe, die in der Entfernung von ungefähr drei Seemeilen kämpften. Der Wind trieb beide so dicht an das französische Schiff heran, daß man das Vergnügen hatte, den Kampf, wie es einem gefiel, zu sehen. Plötzlich feuerte das eine der Schiffe eine so tiefe und gut gezielte Geschützsalve auf das andere, daß es in den Grund gebohrt wurde. Candide und Martin sahen deutlich etwa hundert Menschen auf dem Deck des untergehenden Schiffes; alle hoben sie die Hände zum Himmel und stießen furchtbare Schreie aus; kurz darauf war alles vom Meer verschlungen.

»Sie sehen,« sagte Martin, »so behandeln die Menschen einander.« – »Es ist wahr,« sagte Candide, »etwas Teuflisches ist an dieser Sache.« Bei diesen Worten bemerkte er ein hochrotes Ding, das neben seinem Schiffe herschwamm. Man machte das Boot los, um zu sehen, was es sein könne: es war einer seiner Hammel. Candides Freude über dieses wiedergefundene Schaf war größer, als sein Schmerz bei dem Verlust der hundert mit großen Eldorado-Diamanten beladenen gewesen war.

Der französische Kapitän erfuhr bald, daß der Kapitän des siegreichen Schiffes ein Spanier und der des versenkten ein holländischer Pirat gewesen sei; es war derselbe, der Candide bestohlen hatte. Die ungeheuren Reichtümer, die dieser Verbrecher an sich gerissen hatte, wurden mit ihm im Meer begraben; nichts blieb als ein gerettetes Schaf. »Sie sehen,« sagte Candide zu Martin, »das Verbrechen wird manchmal bestraft; dieser Schurke von holländischem Patron hat das Schicksal, das er verdient.« – »Ja,« sagte Martin, »aber war es nötig, daß die Schiffspassagiere mit untergingen? Gott hat diesen Schuft bestraft, der Teufel hat die anderen ertränkt.«

Indessen fuhren das französische und das spanische Schiff weiter. Candide setzte seine Gespräche mit Martin fort. Sie unterhielten sich vierzehn Tage hintereinander und waren nach vierzehn Tagen so weit wie am ersten. Aber schließlich sprachen sie doch, tauschten Ideen aus, trösteten sich gegenseitig. Candide liebkoste seinen Hammel. »Da ich dich wiedergefunden habe,« sagte er, »werde ich auch Kunigunde wiederfinden.«

Einundzwanzigstes Kapitel

Candide und Martin nähern sich der französischen Küste und philosophieren

Endlich sahen sie die Küste Frankreichs. »Sind Sie jemals in Frankreich gewesen, Herr Martin?« fragte Candide. »Ja,« sagte Martin, »ich habe mehrere Provinzen durchreist. Es gibt welche, in denen die Hälfte der Einwohner verrückt ist, andere, in denen sie zu listig, wieder andere, wo sie gemeinhin sanft und dumm sind, und schließlich solche, in denen man den Schöngeist spielt. Die Hauptbeschäftigung in allen Provinzen ist die Liebe; die zweite der Klatsch; die dritte: Dummheiten schwatzen.« – »Aber, Herr Martin, haben Sie Paris gesehen?« – »Ja, ich war in Paris; es vereinigt alle diese Arten in sich; es ist ein Chaos, ein Gedränge, in dem jeder Vergnügungen sucht und fast keiner sie findet, wie es mir wenigstens schien. Ich habe mich nur kurze Zeit dort aufgehalten; bei meiner Ankunft wurde mir meine ganze Habe auf dem Jahrmarkt zu Saint-Germain von Spitzbuben gestohlen. Ich selber wurde für einen Dieb gehalten und saß acht Tage im Gefängnis, worauf ich Korrektor in einer Druckerei wurde, denn ich wollte etwas Geld verdienen, um zu Fuß nach Holland zurückzukehren. Ich lernte die schreibende, die intrigierende, die fanatische Kanaille kennen. Man sagt, es gebe in dieser Stadt sehr gebildete Leute; ich will es glauben.«

»Was mich betrifft,« sagte Candide, »so bin ich nicht neugierig, Frankreich zu sehen; Sie können sich denken, daß, wenn man einen Monat in Eldorado zugebracht hat, man nichts mehr auf Erden sehen will als Fräulein Kunigunde. Ich werde sie in Venedig erwarten. Wir werden Frankreich durchqueren, um nach Italien zu kommen; wollen Sie mich nicht begleiten?« – »Sehr gern,« erwiderte Martin; »man sagt, das Leben in Venedig sei nur schön für den venezianischen Adel; doch nehme man Fremde gut auf, wenn sie viel Geld hätten; ich besitze keines; Sie haben welches; so werde ich Ihnen überallhin folgen.« – »Bei dieser Gelegenheit möchte ich wissen,« sagte Candide, »ob Sie glauben, daß die Erde ursprünglich ein Meer gewesen sei, wie in dem großen Buche[12] versichert wird, das dem Schiffskapitän gehört?« – »Ich glaube nichts von alledem,« sagte Martin, »so wenig wie von allen Faseleien, die man uns seit einiger Zeit vorerzählt.« – »Aber zu welchem Zweck ist die Welt geschaffen worden?« sagte Candide. – »Um uns rasend zu machen«, antwortete Martin. – »Sind Sie nicht sehr erstaunt«, fuhr Candide fort, »über die Liebe der beiden

---

[12] Die Bibel. Genesis Kap. I, 2.

Indianermädchen zu den zwei Affen, wovon ich Ihnen erzählt habe?« – »Keineswegs,« sagte Martin; »ich sehe nichts Sonderbares in dieser Leidenschaft: ich habe so viel außergewöhnliche Dinge gesehen, daß es für mich nichts Außergewöhnliches mehr gibt.« – »Glauben Sie,« sagte Candide, »daß die Menschen sich immer schon gegenseitig hingeschlachtet haben, wie sie es heute tun? Daß sie von jeher Lügner, Gauner, treulos, undankbar, Räuber, Schwächlinge, haltlos, feig, neidisch, Schlemmer, Trunkenbolde, geizig, ehrsüchtig, blutgierig, Verleumder, Lüstlinge, Fanatiker, Heuchler und Dummköpfe gewesen sind?« – »Glauben Sie,« antwortete Martin, »daß Sperber immer Tauben gefressen haben, wenn sie welche fanden?« – »Ohne Zweifel: ja«, sagte Candide. – »Nun,« sagte Martin, »wenn der Charakter des Sperbers immer der gleiche gewesen ist, warum sollen die Menschen den ihren verändert haben?« – »Oh,« sagte Candide, »es gibt doch einen Unterschied, denn der freie Wille ...« Unter diesem Philosophieren kamen sie in Bordeaux an.

Zweiundzwanzigstes Kapitel

Was Candide und Martin in Frankreich begegnete

Candide blieb nur so lange in Bordeaux, als nötig war, um einige Kieselsteine aus Eldorado zu verkaufen und sich einen guten zweisitzigen Reisewagen zu verschaffen; denn er konnte seinen Philosophen Martin nicht mehr entbehren. Sehr ärgerlich war es ihm nur, sich von seinem Hammel trennen zu müssen. Er überließ ihn der Akademie der Wissenschaften in Bordeaux, die als Thema der Preisaufgabe dieses Jahres die Frage aufstellte, warum die Wolle dieses Hammels rot sei. Der Preis wurde einem Gelehrten aus dem Norden zugesprochen, der durch A + B – C geteilt durch Z bewies, daß der Hammel rot sein müsse und an den Pocken sterben werde.

Indessen sagten alle Reisenden, die Candide in den Herbergen am Wege traf: »Wir gehen nach Paris.« Dieses allgemeine Drängen gab ihm schließlich auch Lust, diese Hauptstadt zu sehen; es war kein großer Umweg auf der Fahrt nach Venedig.

Er fuhr durch die Vorstadt Saint-Marceau ein und glaubte in dem häßlichsten Flecken Westfalens zu sein.

Kaum war er in seinem Gasthaus angelangt, als er von einer leichten Krankheit überfallen wurde, die von den Reisestrapazen kam. Da er einen ungeheuren Diamanten am Finger trug und man auf seinem Wagen eine merkwürdig schwere Kiste bemerkt hatte, waren sofort zwei Ärzte bei ihm, die er nicht verlangt hatte, einige vertraute Freunde, die ihn nicht verließen, und zwei Betschwestern, die seine Suppen kochten. Martin sagte: »Ich erinnere mich, bei meinem ersten Aufenthalt in Paris auch krank gewesen zu sein. Ich war sehr arm: also hatte ich weder Freunde noch Betschwestern, noch Ärzte; und ich genas.«

Inzwischen verschlimmerte sich Candides Krankheit durch die Mitwirkung der vielen Ärzte und Aderlässe. Ein Pfarrgehilfe des Bezirks kam und bat ihn mit süßlicher Miene um einen im Jenseits zu zahlenden Wechsel. Candide wollte nichts damit zu tun haben. Die Betschwestern versicherten ihm, es sei dies die neueste Mode; Candide antwortete, er sei kein Modenarr. Martin wollte den Pfarrgehilfen zum Fenster hinauswerfen. Der Geistliche schwur, man werde Candide nicht begraben. Martin schwur, er werde den Geistlichen begraben, wenn dieser fortfahre, sie zu belästigen. Der Streit wurde hitziger. Martin faßte den Pfarrgehilfen hart bei den Schultern und verjagte ihn; was einen großen Skandal verursachte, über den ein Protokoll aufgenommen wurde.

Candide genas. Während seiner Genesung empfing er die beste Gesellschaft bei sich zum Souper. Es wurde hoch gespielt. Candide wunderte sich, daß er nie ein As bekam; Martin wunderte sich nicht.

Unter denen, die ihm ihre Aufwartung machten, war ein kleiner Abbé aus Périgord, einer jener Wichtigtuer, die immer flink, dienstbereit, frech, schmeichlerisch, anschmiegend sind, Reisende bei ihrer Ankunft ausspionieren, ihnen die Skandalgeschichten der Stadt erzählen und Vergnügungen zu jedem Preise anbieten. Dieser führte Candide und Martin zuerst in die Komödie. Man spielte ein neues Trauerspiel. Candide saß zwischen zwei Schöngeistern. Dies hinderte ihn nicht, bei vollendet gespielten Szenen zu weinen. Einer der Schwätzer sagte während eines Zwischenaktes zu ihm: »Wie können Sie weinen? Diese Schauspielerin ist völlig unbedeutend; ihr Partner noch unbedeutender und das Stück selbst am unbedeutendsten. Der Verfasser kann kein Wort arabisch, und doch spielt die Szene in Arabien. Außerdem ist er ein Mann, der leicht an angeborene Ideen glaubt; ich werde Ihnen morgen zwanzig Broschüren gegen ihn bringen.« – »Wieviel Theaterstücke haben Sie in Frankreich, mein Herr?« fragte Candide den Abbé. Dieser antwortete: »Fünf- bis sechstausend.« – »Das ist viel,« sagte Candide; »wieviel gute sind darunter?« – »Fünfzehn bis sechzehn«, versetzte der andere. – »Das ist viel«, sagte Martin.

Candide war sehr zufrieden mit einer Schauspielerin, welche die Königin Elisabeth in einer ziemlich flachen Tragödie, die manchmal gegeben wird, spielte. »Diese Schauspielerin«, sagte er zu Martin, »gefällt mir sehr gut; sie gleicht etwas Fräulein Kunigunde; ich würde ihr sehr gerne vorgestellt werden.« Der Abbé aus Périgord bot sich an, ihn bei ihr einzuführen. Candide, der in Deutschland erzogen war, fragte nach der

Etikette und wie man in Frankreich englische Königinnen behandle. »Man muß unterscheiden,« sagte der Abbé; »in der Provinz führt man sie in Gasthäuser; in Paris achtet man sie, wenn sie schön sind, und wirft sie auf den Schindanger nach ihrem Tode.« – »Königinnen auf den Schindanger!« sagte Candide. – »Ja, wirklich,« sagte Martin, »der Herr Abbé hat recht; ich war gerade in Paris, als Fräulein Monime von einem Leben ins andere ging, wie man wohl sagt. Man verweigerte ihr das, was die Leute hier ein ehrliches Begräbnis nennen; das heißt, zusammen mit allen Bettlern des Viertels in einem häßlichen Kirchhofe verfaulen zu dürfen. Sie wurde von ihrer Truppe ganz allein an einer Ecke der Rue de Bourgogne begraben; was ihr äußerst schmerzlich gewesen sein muß, denn sie dachte sehr edel.« – »Das ist sehr unhöflich«, meinte Candide. – »Was wollen Sie?« sagte Martin; »die Leute hier sind einmal so. Stellen Sie sich alle Widersprüche und alle erdenklichen Ungereimtheiten vor – Sie werden sie in der Regierung, in den Gerichtshöfen, in den Kirchen und Theatern dieser drolligen Nation finden.« – »Ist es wahr, daß man in Paris immer lacht?« sagte Candide. – »Ja,« antwortete der Abbé; »aber aus Wut. Denn man beklagt sich über alles unter großem Spottgelächter; ja, man verübt lachend die abscheulichsten Verbrechen.«

»Wer ist«, fragte Candide, »das plumpe Schwein, das mir so Schlimmes über das Stück sagte, in dem ich geweint habe, und über die Schauspieler, die mir so gut gefielen?« – »Das ist einer,« antwortete der Abbé, »der davon lebt, Schlechtes über alle Stücke und Bücher zu sagen. Er haßt alle, die Erfolg haben, wie Eunuchen alle Genießenden hassen: er ist eine jener Schlangen der Literatur, die sich von Schlamm und Geifer nähren; er ist eine Giftschleuder.« – »Was ist eine Giftschleuder?« sagte Candide. – »Das ist«, erwiderte der Abbé«, »ein Blättermacher, ein Fréron.«

So unterhielten sich Candide, Martin und der Mann aus Périgord auf der Treppe und ließen die Zuschauer, als die Komödie zu Ende war, an sich vorbeiziehen. »Obgleich ich in großer Eile bin,« sagte Candide, »Fräulein Kunigunde wiederzusehen, möchte ich doch gerne mit Fräulein Clairon zu Nacht speisen, denn sie schien mir bewundernswert,«

Der Abbé war nicht der Mann, der sich Fräulein Clairon nähern konnte, denn sie empfing nur gute Gesellschaft. »Sie ist heute abend versagt,« erwiderte er; »aber ich werde die Ehre haben, Sie bei einer angesehenen Dame einzuführen; dort werden Sie Paris kennen lernen, als ob Sie schon vier Jahre hier wären.«

Candide, der von Natur neugierig war, ließ sich bei der Dame im Faubourg Saint-Honoré einführen. Man spielte Pharao. Zwölf trübsinnige Spieler hielten jeder ein kleines Kartenspiel, das viereckige Register ihres Unglücks, in der Hand. Tiefes Schweigen herrschte; die Stirnen der Spieler waren blaß; der Bankhalter unruhig; die

Dame des Hauses, die neben diesem unbarmherzigen Bankhalter saß, beobachtete mit Luchsaugen alle Parolis, alle Schliche, mit denen die Spieler Ecken in die Karten bogen. Sie ließ sie mit ernster, aber höflicher Strenge wieder umbiegen und regte sich nicht auf, aus Furcht, ihre Kunden zu verlieren. Die Dame ließ sich als Marquise von Parolignac anreden. Ihre fünfzehnjährige Tochter saß zwischen den Spielern und meldete durch ein Augenblinzeln die Spitzbübereien dieser armen Leute, die versuchten, die Grausamkeit des Schicksals auszugleichen. Der Abbé aus Périgord, Candide und Martin traten ein. Niemand erhob sich, grüßte oder sah sie an; alle waren in ihre Karten vertieft. »Die Frau Baronin von Thunder-ten-tronckh war artiger«, sagte Candide.

Indessen näherte sich der Abbé dem Ohr der Marquise, worauf sie sich halb erhob, Candide mit anmutigem Lächeln und Martin mit einem geradezu vornehmen Kopfnicken begrüßte. Sie ließ Candide einen Stuhl und ein Spiel Karten bringen. Er verlor in zwei Touren fünfzigtausend Franken. Darauf wurde in bester Stimmung zu Nacht gespeist; alle waren erstaunt, daß Candide über seinen Verlust nicht erregt war. Die Diener sagten, in ihrer Dienersprache, unter sich: »Das muß ein englischer Mylord sein.«

Das Abendessen verlief wie die meisten Soupers in Paris; zuerst Stille, dann ein Wortlärm, bei dem nichts zu unterscheiden war, dann meist sinnlose Witze, falsche Gerüchte, alberne Behauptungen, etwas Politik und viel Klatsch; man sprach sogar von neuen Büchern. »Haben Sie den Roman des Sieur Gauchat, Doktors der Theologie, gelesen?« fragte der Abbé aus Périgord. – »Ja,« antwortete einer der Gäste; »aber ich konnte ihn nicht fertiglesen. Wir haben eine Menge unverschämter Schriften; aber alle zusammen erreichen nicht die Frechheit von Gauchat, Doktor der Theologie; ich bin so übersättigt von dieser Unmenge schlechter Bücher, die uns überschwemmen, daß ich mich entschlossen habe, lieber Pharao zu spielen.« – »Und die ›Mélanges‹ des Erzdiakons Trublet, was sagen Sie zu diesen?« fragte der Abbé. – »Oh!« erwiderte Frau von Parolignac, »der Erzlangweilige! Wie er das, was jeder schon weiß, erpicht wiederholt! Wie er schwerfällig über Dinge streitet, die nicht wert sind, überhaupt bemerkt zu werden. Wie er sich ohne Geist den Geist anderer aneignet! Wie er das, was er plündert, verdirbt! Er widert mich an, aber er wird es nicht zweimal tun; es genügt, ein paar Seiten des Erzdiakons gelesen zu haben.«

Bei Tisch saß auch ein gelehrter Mann, der Geschmack besaß. Er stimmte der Marquise bei. Das Gespräch kam auf Tragödien. Die Dame fragte, warum manche Tragödien mitunter gespielt, aber unmöglich gelesen werden könnten. Der feinfühlige Gelehrte meinte klug, ein Stück könne Interesse erwecken und doch ohne jedes Verdienst sein. In wenigen Worten legte er dar, daß es nicht genüge, eine oder zwei gangbare

Romansituationen, die das Publikum immer bestechen, vorzuführen. Ein Autor müsse Neues bringen, ohne zu übertreiben, oft erhaben und immer natürlich sein, das menschliche Herz kennen und verstehen, es sprechen zu lassen; ein großer Dichter sein, ohne daß eine Person des Stückes selber ein Dichter scheine. Er müsse seine Sprache vollkommen beherrschen, sie ganz rein sprechen und in ständiger Harmonie erklingen lassen, ohne daß je durch den Reim der Sinn gestört werde. »Wer«, fügte er hinzu, »nicht alle diese Regeln befolgt, mag eine oder zwei Tragödien schreiben, die auf der Bühne Beifall haben, aber er wird nie zu den guten Schriftstellern gerechnet werden. Es gibt sehr wenige gute Tragödien: die einen sind Idyllen in gut geschriebenen und gut gereimten Dialogen; die anderen politische Reden, die einschläfern, oder Weitschweifigkeiten, die abschrecken. Wieder andere sind Träumereien vom Teufel Besessener in barbarischem Stil, abgebrochene Reden, lange Ansprachen an die Götter, da keiner versteht, zu den Menschen zu sprechen, falsche Grundsätze und schwülstige Gemeinplätze.«

Candide hörte dieser Betrachtung aufmerksam zu und bekam eine hohe Meinung von dem Redner. Und da die Marquise Sorge getragen hatte, ihn neben sich zu setzen, rückte er an ihr Ohr heran und nahm sich die Freiheit, sie zu fragen, wer dieser Mann sei, der so klug rede. »Es ist ein Gelehrter,« sagte die Dame, »der nicht spielt, und den mir der Abbé manchmal zum Abendessen herführt. Er versteht viel von Tragödien und Büchern; er hat ein ausgepfiffenes Stück geschrieben und ein Buch, von dem man – außer im Laden seines Buchhändlers – nie mehr als ein Exemplar gesehen hat; und dieses hat er mir gewidmet.« – »Der große Mann!« sagte Candide; »er ist ein zweiter Pangloß.«

Dann wandte er sich zu ihm und sagte: »Mein Herr, gewiß denken Sie auch, daß alles aufs beste eingerichtet sei in der physischen und moralischen Welt, und daß nichts anders sein könnte?« – »Ich, mein Herr,« antwortete der Gelehrte, »ich denke nichts dergleichen: ich finde, daß alles verkehrt geht auf der Welt; daß niemand weiß, welches sein Rang, welches sein Beruf ist, nicht was er tut noch was er tun soll, und daß, außer bei dem Souper hier, das ziemlich heiter ist und bei dem es scheinbar feierlich zugeht, die Zeit in schamlosen Zänkereien hingebracht wird: Jansenisten gegen Molinisten, Parlamentarier gegen Kirchenleute, Schriftsteller gegen Schriftsteller, Höflinge gegen Höflinge, Finanzmänner gegen das Volk, Frauen gegen Männer, Verwandte gegen Verwandte; ein ewiger Krieg.«

Candide erwiderte: »Ich habe Schlimmeres gesehen; aber ein Gelehrter, der später das Unglück hatte, gehängt zu werden, lehrte mich, daß dies alles zum Besten sei: es sind die Schatten bei einem schönen Bilde.« – »Ihr Gehängter machte sich über die

Welt lustig,« sagte Martin; »Ihre Schatten sind furchtbare Flecke.« – »Die Menschen machen die Flecke,« versetzte Candide; »sie können nicht davon loskommen.« – »Es ist also nicht ihre Schuld« sagte Martin. Die meisten Spieler, die nichts von dieser Sprache verstanden, tranken. Martin philosophierte mit dem Gelehrten. Candide erzählte der Dame des Hauses einen Teil seiner Abenteuer.

Nach Tisch führte die Marquise Candide in ihren Salon und ließ ihn auf einem Sofa Platz nehmen. »Nun,« sagte sie, »Sie sind also noch immer sterblich verliebt in Fräulein Kunigunde von Thunder-ten-tronckh?« – »Ja, gnädige Frau«, antwortete Candide. Die Marquise erwiderte ihm mit zärtlichem Lächeln: »Sie antworten wie ein junger Mann aus Westfalen; ein Franzose hätte gesagt: Es ist wahr, daß ich Fräulein Kunigunde geliebt habe; seit ich Sie aber kenne, Gnädigste, fürchte ich, daß ich sie nicht mehr liebe.« – »Ach! gnädige Frau,« sagte Candide, »ich werde antworten, wie Sie es wünschen.« – »Ihre Leidenschaft für sie«, sagte die Marquise, »hat damit begonnen, daß Sie ihr Taschentuch aufhoben; ich will, daß Sie mein Strumpfband aufheben.« – »Von Herzen gern«, sagte Candide und hob es auf. »Aber ich will, daß Sie es mir wieder anlegen«, sagte die Dame, und Candide legte es ihr an. »Sehen Sie,« versetzte die Dame, »Sie sind ein Fremder; ich lasse meine Pariser Liebhaber manchmal vierzehn Tage schmachten, und Ihnen ergebe ich mich in der ersten Nacht, weil ich es für meine Pflicht halte, einem jungen Manne aus Westfalen die Honneurs meines Landes zu machen.« Dann lobte die Schöne die zwei ungeheuren Diamanten, die sie an den beiden Händen des jungen Fremden bemerkt hatte, so aufrichtig, daß sie von seinen Fingern zu den ihren hinüberglitten.

Als Candide mit seinem Abbé aus Périgord nach Hause kam, fühlte er Gewissensbisse über seine Untreue gegen Fräulein Kunigunde. Der Herr Abbé ging auf seinen Schmerz ein; er hatte nur einen kleinen Anteil an den fünfzigtausend Pfund, die Candide im Spiel verloren hatte, und an dem Wert der zwei halb geschenkten, halb erpreßten Diamanten. Sein Plan war, so viel wie möglich von den Vorteilen zu profitieren, die ihm die Bekanntschaft Candides verschaffen konnte. Er sprach viel mit ihm von Kunigunde, und Candide sagte, er werde diese Schöne für seine Untreue um Verzeihung bitten, wenn er sie in Venedig wiedersähe.

Der Mann aus Périgord verdoppelte seine Höflichkeit und Aufmerksamkeit und nahm ein inniges Interesse an allem, was Candide sagte, tat und tun wollte.

»Sie haben also ein Stelldichein in Venedig, mein Herr?« sagte er. – »Ja, Herr Abbé,« antwortete Candide, »ich muß Fräulein Kunigunde unbedingt treffen.« Darauf erzählte er, hingerissen von der Freude, über das, was er liebte, sprechen zu können, seiner Gewohnheit entsprechend einen Teil seiner Abenteuer mit dieser vortrefflichen Westfalin.

»Ich glaube,« sagte der Abbé, »daß Fräulein Kunigunde viel Geist hat und reizende Briefe schreibt.« – »Ich habe nie welche erhalten,« sagte Candide, »denn, wie Sie sich denken können, nachdem ich wegen meiner Liebe zu ihr aus dem Schlosse verjagt worden war, durfte ich ihr nicht schreiben. Bald darauf hörte ich, daß sie tot sei; dann fand ich sie wieder, verlor sie, und nun habe ich ihr, in einer Entfernung von zweitausendfünfhundert Meilen, einen Boten gesandt, dessen Antwort ich erwarte.«

Der Abbé hörte aufmerksam zu und schien etwas träumerisch. Er verabschiedete sich bald von den beiden Reisenden, nachdem er sie zärtlich umarmt hatte. Am nächsten Tag, beim Erwachen, erhielt Candide folgenden Brief:

»Mein teurer Geliebter, seit acht Tagen liege ich krank in dieser Stadt; ich erfahre eben, daß Sie hier sind. Ich würde in Ihre Arme fliegen, wenn ich mich rühren könnte. Ich hatte von Ihrem Aufenthalt in Bordeaux gehört. Den treuen Cacambo und die Alte habe ich dort gelassen; sie werden mir bald nachkommen. Der Gouverneur von Buenos Aires hat alles genommen, aber Ihr Herz bleibt mir! Kommen Sie! Ihre Gegenwart wird mir das Leben wiedergeben oder mich vor Freude sterben lassen.«

Dieser entzückende, unverhoffte Brief versetzte Candide in eine unaussprechliche Freude; nur die Krankheit seiner teuren Kunigunde erfüllte ihn mit Schmerz. Zwischen diesen beiden Gefühlen schwankend, nimmt er sein Gold und seine Diamanten und läßt sich mit Martin in das Hotel führen, in dem Fräulein Kunigunde wohnt. Zitternd vor Aufregung tritt er ein, sein Herz klopft, seine Stimme schluchzt; er will die Bettvorhänge zurückschieben, Licht herbeiholen lassen. »Hüten Sie sich, dies zu tun,« sagte die Dienerin, »Licht würde sie töten«, und rasch zieht sie den Vorhang wieder zu. »Meine teure Kunigunde,« sagte Candide unter Tränen, »wie geht es Ihnen? Wenn Sie mich nicht sehen können, sprechen Sie wenigstens mit mir.« – »Sie kann nicht sprechen,« sagte die Zofe. Darauf reichte ihm die Dame eine fleischige Hand aus dem Bett, die Candide lange mit seinen Tränen netzte und dann mit Diamanten füllte, während er einen Beutel voll Gold auf den Stuhl legte.

Mitten in seiner Begeisterung erscheint ein Polizeioffizier mit seiner Eskorte und dem Abbé von Périgord. »Hier sind also die beiden verdächtigen Fremden?« Er läßt sie sofort ergreifen und befiehlt seinen Soldaten, sie ins Gefängnis zu schleppen. »In Eldorado behandelt man Reisende anders«, sagte Candide. – »Ich bin mehr Manichäer als je«, sagte Martin. – »Wohin bringen Sie uns, mein Herr?« fragte Candide.« – »In ein Arrestloch«, sagte der Polizeioffizier.

Martin, der seine Kaltblütigkeit wiedererlangt hatte, war der Meinung, daß die Dame, die sich als Kunigunde ausgab, eine Spitzbübin sei und der Herr Abbé aus Périgord ein Spitzbube, der Candides Unschuld schnellstens ausgenutzt hatte. Der dritte Spitzbube war der Polizeioffizier, von dem man sich leicht befreien konnte.

Um sich keinen langwierigen Rechtsprozeduren auszusetzen, bietet der nach der wirklichen Kunigunde ungeduldige Candide, durch Martins Rat aufgeklärt, dem Polizeioffizier drei kleine Diamanten an, von denen jeder ungefähr dreitausend Pistolen wert war. »Oh! mein Herr,« sagte der Mann mit dem elfenbeinernen Stab, »und wenn Sie alle erdenkbaren Verbrechen begangen hätten, sind Sie doch der ehrenwerteste Mann der Welt. Drei Diamanten! Jeder dreitausend Pistolen wert! Mein Herr! ich möchte mich töten lassen für Sie, anstatt Sie ins Loch zu stecken. Man verhaftet alle Fremden, aber lassen Sie mich nur machen. Ich habe einen Bruder in Dieppe in der Normandie; dorthin werde ich Sie führen, und wenn Sie auch für ihn ein paar Diamanten haben, wird er für Sie sorgen wie ich selbst.« – »Und warum werden alle Fremden verhaftet?« fragte Candide.

Da nahm der Abbé aus Périgord das Wort und sagte: »Weil ein armer Lump aus Atrebatien[13] sich durch dumme Hetzereien zu einem Morde verführen ließ, der nicht dem vom Mai des Jahres sechzehnhundertundzehn[14] gleicht, wohl aber dem vom Dezember fünfzehnhundertundvierundneunzig und einigen anderen in anderen Monaten von anderen armen Lumpen begangenen, die sich aufhetzen ließen[15].«

Darauf erklärte der Polizeioffizier, um was es sich handle. »Ach! die Ungeheuer,« rief Candide; »wie! solche Untaten bei einem Volke, das tanzt und singt! Kann ich nicht so schnell wie möglich aus diesem Lande kommen, in dem Affen Tiger angreifen? In meiner Heimat habe ich Bären gesehen; Menschen habe ich nur in Eldorado erblickt. Im Namen Gottes, Herr Offizier, bringen Sie mich nach Venedig, wo ich Fräulein Kunigunde erwarten muß.« – »Ich kann Sie nur nach der Niederbretagne bringen«, sagte der Barigello[16]. Darauf läßt er ihm die Ketten abnehmen, sagt, er habe sich geirrt, schickt seine Leute weg und bringt Candide und Martin nach Dieppe, wo er sie seinem Bruder übergibt. Ein kleines holländisches Schiff lag auf der Reede. Der Normanne, der mit Hilfe von drei weiteren Diamanten der dienstwilligste aller Menschen geworden war, schifft Candide und seine Leute auf diesem Fahrzeug ein, das im

---

[13] Artois. Damiens war in Arras, der Hauptstadt von Artois, geboren. Er verübte im Jahre 1757 ein Attentat auf Ludwig XV.
[14] 14. Mai 1610 Ermordung Heinrich IV. durch Ravaillac.
[15] 27. Dezember 1594 versetzte der Jesuitenzögling Jean Châtel Heinrich IV. einen Messerstich.
[16] Haupt der Häscher.

Begriff war, nach Portsmouth in England zu segeln. Es war nicht der Weg nach Venedig; aber Candide glaubte, aus der Hölle befreit zu sein, und er rechnete darauf, bei der ersten Gelegenheit den Weg nach Venedig einschlagen zu können.

Dreiundzwanzigstes Kapitel

Candide und Martin kommen an die englische Küste; was sie dort sehen

»Ach Pangloß! Pangloß! Ach! Martin! Martin! Ach! meine teure Kunigunde! Was ist der Sinn dieser Welt!« rief Candide auf dem holländischen Schiffe. – »Etwas sehr Tolles und Abscheuliches«, antwortete Martin. – »Sie kennen England; ist man dort ebenso verrückt wie in Frankreich?« – »Es ist eine andere Art Verrücktheit«, sagte Martin. »Sie wissen, daß diese beiden Nationen im Krieg liegen wegen einiger Spannen Schnee an der Grenze von Kanada, und daß sie für diesen schönen Krieg viel mehr ausgeben, als ganz Kanada wert ist. Ihnen genau zu sagen, ob es in dem einen oder dem andern Lande mehr Leute in Fesseln zu legen gibt, das erlauben mir meine schwachen Kenntnisse nicht; ich weiß nur, daß die Leute, die wir sehen, im allgemeinen sehr gallig sind.«

Während sie sich so unterhielten, landeten sie in Portsmouth; eine Volksmenge bedeckte das Ufer und schaute aufmerksam nach einem ziemlich starken Manne, der mit verbundenen Augen auf dem Verdeck eines der Kriegsschiffe kniete. Vier Soldaten, die diesem Mann gegenüberstanden, schossen ihm jeder auf die friedlichste Art der Welt drei Kugeln ins Hirn; worauf die ganze Versammlung äußerst befriedigt auseinanderging. »Was bedeutet dies alles?« fragte Candide; »welcher Dämon herrscht überall?« Er fragte, wer der starke Mann gewesen sei, den man soeben mit großer Feierlichkeit getötet habe. »Es war ein Admiral«, antwortete man. – »Und warum wurde er getötet?« – »Weil er nicht genug Menschen töten ließ; er hat einem französischen Admiral eine Schlacht geliefert, und man fand, daß er nicht nahe genug an ihn herangegangen sei.« – »Aber,« sagte Candide, »der französische Admiral muß ebenso weit vom englischen entfernt gewesen sein wie dieser vom französischen!« – »Das ist nicht zu bestreiten,« erwiderte man; »aber in diesem Lande hier ist es gut, von Zeit zu Zeit einen Admiral zu töten, um die anderen zu ermutigen[17].«

Candide war so bestürzt und empört über das, was er sah und hörte, daß er nicht einmal an Land steigen wollte und seinen Vertrag gleich mit dem holländischen

---

[17] Der englische Admiral Byng wurde am 14. März 1757 hingerichtet.

Schiffspatron abschloß (mochte er ihn bestehlen wie der von Surinam), damit er ihn ohne Verzug nach Venedig bringe.

Der Schiffspatron war nach zwei Tagen bereit. Man segelte die französische Küste entlang, bekam Lissabon in Sicht, wobei Candide vor Schauder erbebte. Dann fuhr man durch die Meerenge, in das Mittelländische Meer; endlich landete man in Venedig. »Gott sei gelobt,« sagte Candide und umarmte Martin; »hier werde ich die schöne Kunigunde wiedersehen. Ich rechne auf Cacambo wie auf mich selbst. Alles ist gut, alles geht gut, alles geht so gut, wie es nur möglich ist.«

Vierundzwanzigstes Kapitel

Paquette und der Bruder Giroflée

Sobald er in Venedig war, ließ er Cacambo in allen Gasthöfen, in allen Kaffeehäusern, bei allen Freudenmädchen suchen; er fand ihn nirgends. Alle Tage ließ er bei den neuankommenden Schiffen und Barken nachforschen: keine Nachrichten über Cacambo. »Wie!« sagte er zu Martin, »ich habe Zeit gehabt; von Surinam nach Bordeaux, von Bordeaux nach Paris, von Paris nach Dieppe zu fahren, an Portugal und Spanien vorbeizusegeln, das ganze Mittelländische Meer zu durchkreuzen, einige Monate in Venedig zuzubringen; und die schöne Kunigunde ist nicht gekommen! Statt ihrer habe ich nur eine Schelmin und einen Abbé aus Périgord getroffen! Gewiß ist Kunigunde tot; mir bleibt nichts als ebenfalls zu sterben. Ach! wäre ich im Paradies von Eldorado geblieben, statt in dieses verfluchte Europa zurückzukehren! Wie sehr haben Sie recht, mein teurer Martin. Alles ist nur Blendwerk und Plage.«

Er verfiel in düstere Melancholie und nahm weder an der Opera alla moda noch an anderen Karnevalsbelustigungen teil. Keine Frau konnte ihn reizen. Martin sagte zu ihm: »Sie sind in der Tat sehr harmlos, daß Sie sich einbilden, ein mestizischer Bedienter mit fünf oder sechs Millionen in der Tasche werde Ihre Geliebte am Ende der Welt aufsuchen und sie Ihnen nach Venedig bringen. Findet er sie, wird er sie für sich behalten, findet er sie nicht, wird er eine andere nehmen: ich rate Ihnen, Ihren Bedienten Cacambo und Ihre Geliebte Kunigunde sich aus dem Gedächtnis zu schlagen.« Martin war kein Trostspender. Candides Melancholie steigerte sich, und Martin bewies ihm unaufhörlich, daß es wenig Tugend und Glück auf Erden gäbe, vielleicht Eldorado ausgenommen, das niemand erreichen konnte.

Während sie über diesen wichtigen Gegenstand sprachen und auf Kunigunde warteten, sah Candide auf dem Markusplatze einen jungen Theatinermönch, der ein

Mädchen am Arme führte. Der Mönch schien frisch, blühend, stark; seine Augen glänzten, sein Ausdruck war sicher, seine Miene hochmütig, sein Gang stolz. Das Mädchen war sehr hübsch; sie sang. Sie blickte ihren Theatiner verliebt an, und von Zeit zu Zeit kniff sie ihn in seine dicken Backen. »Sie werden mir wenigstens zugeben,« sagte Candide zu Martin, »daß diese Leute glücklich sind. Ich habe bis heute auf der ganzen bewohnbaren Erde, außer in Dorado, nur Unglückliche gesehen. Aber bei diesem Mädchen und diesem Theatiner wette ich, daß sie sehr glückliche Geschöpfe sind.«– »Ich wette das Gegenteil«, sagte Martin. – »Wir brauchen sie nur zum Mittagessen zu bitten,« sagte Candide, »und Sie werden sehen, ob ich mich täusche.«

Sofort redet er sie an, begrüßt sie und lädt sie in seinen Gasthof zu Makkaroni, lombardischen Rebhühnern, Kaviar, zu Wein von Montepulciano, Lacrimae Christi, Cyper- und Samoswein. Das Mädchen errötete; der Theatiner nahm die Einladung an. Das Mädchen folgte ihm und sah Candide mit überraschten und verwirrten Augen an, die von einigen Tränen verdunkelt wurden. Kaum war sie in Candides Zimmer angelangt, als sie sagte: »Wie! Herr Candide erkennt Paquette nicht mehr!«

Bei diesen Worten sagte Candide, der sie bis dahin noch nicht aufmerksam betrachtet hatte, weil er nur mit Kunigunde beschäftigt war: »Ach, mein armes Kind, du bist es, die den Doktor Pangloß in den schönen Zustand versetzt hat, in dem ich ihn getroffen habe?«

»Ach, lieber Herr, ich bin es selbst,« sagte Paquette; »ich sehe, daß Sie über alles unterrichtet sind. Ich habe das furchtbare Unglück erfahren, das über das Haus der Frau Baronin und die schöne Kunigunde hereingebrochen ist. Ich schwöre Ihnen, daß mein Geschick kaum weniger traurig war. Ich war noch unschuldig, als Sie mich kannten. Ein Franziskaner, mein Beichtvater, verführte mich ohne viel Mühe. Die Folgen waren furchtbar; kurz nachdem der Herr Baron Sie mit starken Fußtritten in den Hintern weggejagt hatte, war ich gezwungen, das Schloß zu verlassen. Wenn ein berühmter Arzt nicht Mitleid mit mir gehabt hätte, wäre ich gestorben. Eine Zeitlang war ich aus Dankbarkeit die Geliebte dieses Arztes. Seine Frau war rasend eifersüchtig, sie schlug mich alle Tage unbarmherzig; sie war eine Furie. Der Arzt war der häßlichste aller Männer und ich das unglücklichste aller Geschöpfe, das sich fortwährend für einen Mann, den es nicht liebte, schlagen lassen mußte. Sie wissen, Herr, wie gefährlich es für eine zänkische Frau ist, die Frau eines Arztes zu sein. Dieser hier, durch das Verhalten seiner Frau zum Äußersten gebracht, gab ihr eines Tages, um sie von einer kleinen Erkältung zu heilen, eine so kräftige Medizin, daß sie innerhalb von zwei Stunden unter furchtbaren Krämpfen verschied. Die Verwandten der Frau hingen meinem Herrn einen Prozeß an. Er ergriff die Flucht, und ich wurde ins Gefängnis gesetzt.

Meine Unschuld würde mich nicht gerettet haben, wenn ich nicht ziemlich hübsch gewesen wäre. Der Richter schenkte mir die Freiheit unter der Bedingung – daß er der Nachfolger des Arztes würde. Ich wurde bald durch eine Nebenbuhlerin verdrängt, ohne Belohnung fortgejagt und war gezwungen, das abscheuliche Gewerbe weiterzubetreiben, das euch Männern so lustig scheint und das für uns ein einziger Abgrund des Elends ist. Ich ging nach Venedig, um hier das Geschäft auszuüben. Ach! Herr, könnten Sie sich vorstellen, was das heißt, mit gleichgültigem Herzen einen alten Händler, einen Advokaten, einen Mönch, einen Gondolier, einen Abbé zu liebkosen; allen Beleidigungen und allen Mißhandlungen ausgesetzt zu sein; oft gezwungen zu werden, sich einen Rock zu leihen, um ihn von einem ekelhaften Menschen sich aufheben zu lassen; von dem einen um das bestohlen zu werden, was man vom anderen erworben hat; von Polizeibeamten ausgenutzt zu werden und keine andere Aussicht zu haben als ein entsetzliches Alter, das Hospital und einen Düngerhaufen; Sie würden gewiß zugeben, daß ich eines der unglücklichsten Geschöpfe der Welt bin.«

So schüttete Paquette dem guten Candide ihr Herz aus in Gegenwart Martins, der sagte: »Sie sehen, den ersten Teil der Wette habe ich schon gewonnen.«

Der Bruder Giroflée war im Speisezimmer geblieben und trank einen Schluck vor dem Mittagessen. »Aber«, sagte Candide zu Paquette, »du sahst so heiter, so zufrieden aus, als ich dich traf. Du sangst; du streicheltest den Theatinermönch mit solch natürlichem Wohlgefallen; du schienst mir so glücklich, wie du behauptest unglücklich zu sein.« – »Ach! Herr,« antwortete Paquette, »das gehört ja auch zum Elend dieses Berufes. Gestern wurde ich von einem Offizier bestohlen und geschlagen, und heute muß ich heiter scheinen, um einem Mönch zu gefallen.«

Candide wollte nichts mehr hören. Er gab zu, daß Martin recht habe. Sie setzten sich mit Paquette und dem Mönch zu Tisch. Das Mahl verlief sehr heiter; am Schluß sprach man vertraulicher. »Ehrwürdiger Vater,« sagte Candide zu dem Mönch, »Sie scheinen ein Schicksal zu haben, um das Sie alle Welt beneiden muß; die Blume der Gesundheit strahlt auf Ihrem Gesicht, Ihre Miene verkündet Glück; Sie haben ein sehr hübsches Mädchen zu Ihrer Erholung, und Sie scheinen sehr zufrieden mit Ihrem Beruf als Theatiner.«

»Meiner Treu, Herr,« sagte der Bruder Giroflée, »ich wollte, alle Theatiner lägen auf dem Grund des Meeres. Hundertmal war ich versucht, das Kloster in Brand zu stecken und mich selbst zum Türken zu machen. Meine Eltern zwangen mich, im fünfzehnten Jahr dieses abscheuliche Gewand anzulegen, um einem verfluchten älteren Bruder, den Gott strafen möge, mehr Vermögen hinterlassen zu können. Im Kloster herrschen Eifersucht, Streitigkeiten, Rachsucht. Es ist wahr, ich habe einige schlechte

Predigten gehalten, die mir etwas Geld eingebracht haben, von dem der Prior mir die Hälfte stiehlt: den Rest verwende ich, um Mädchen zu halten. Aber wenn ich abends in das Kloster zurückkehre, bin ich nahe daran, mir den Kopf an der Wand des Schlafraums einzurennen; und all meinen Mitbrüdern geht es ebenso.«

Martin wandte sich mit seiner gewohnten Kaltblütigkeit an Candide und sagte: »Nun, habe ich nicht die ganze Wette gewonnen?« Candide schenkte Paquette zweitausend Piaster und tausend dem Bruder Giroflée. »Ich bin sicher,« sagte er, »daß sie damit glücklich sein werden.« – »Ich glaube nicht daran,« sagte Martin; »vielleicht machen Sie sie mit diesen Piastern noch unglücklicher.« – »Mag dem sein, wie es wolle,« sagte Candide; »eine Sache tröstet mich, ich sehe, man findet oft Menschen wieder, die man nie wiederzufinden glaubte. Es möchte wohl sein, daß ich, nach meinem roten Hammel und Paquette, auch Kunigunde wiedertreffe.« – »Ich wünschte,« sagte Martin, »sie könnte Sie eines Tages glücklich machen; aber ich zweifle stark daran.« – »Sie sind sehr hart«, sagte Candide. – »Weil ich das Leben kenne«, erwiderte Martin. – »Aber sehen Sie diese Gondolieri,« sagte Candide, »singen sie nicht unaufhörlich?« – »Sie sehen sie nicht in ihrem Haushalt, bei ihren Frauen und ihren kleinen Kindern«, sagte Martin. »Der Doge hat seinen Kummer und die Gondolieri haben den ihrigen. Es ist wahr, alles in allem ist das Los eines Gondoliers dem eines Dogen vorzuziehen. Aber ich halte den Unterschied für so gering, daß es nicht der Mühe wert ist, ihn nachzuprüfen.«

»Man spricht viel«, sagte Candide, »von dem Signor Pococurante, der in dem schönen Palast an der Brenta wohnt und Fremde gut empfängt. Man behauptet, er sei ein Mann, der nie einen Kummer gehabt habe.« – »Diese seltene Menschengattung würde ich gern in der Nähe betrachten«, sagte Martin. Candide ließ sofort bei dem Signor Pococurante um die Erlaubnis bitten, ihn am nächsten Tage besuchen zu dürfen.

Fünfundzwanzigstes Kapitel

Besuch bei dem venezianischen Edelmann Signor Pococurante

Candide und Martin fuhren in einer Gondel über die Brenta zu dem Palast des edlen Pococurante. Die Gärten waren gepflegt und mit prächtigen Marmorstatuen geschmückt; der Palast war von ausgezeichneter Bauart. Der Herr des Hauses, ein sehr reicher Mann von sechzig Jahren, empfing die beiden Neugierigen höflich, aber mit wenig Wärme, was Candide aus der Fassung brachte, Martin aber nicht mißfiel.

Zuerst trugen zwei hübsche, sauber gekleidete Mädchen Schokolade auf, die sie sehr gut zum Schäumen brachten. Candide konnte nicht unterlassen, ihre Schönheit, Anmut und Geschicklichkeit zu loben. »Es sind gute Geschöpfe,« sagte der Signor Pococurante; »ich lasse sie manchmal in meinem Bett schlafen; denn der Stadtdamen mit ihren Koketterien, Eifersüchteleien, Streitigkeiten, Launen und Kleinlichkeiten, mit ihrem Hochmut, ihren Albernheiten und den Sonetten, die man für sie machen oder machen lassen muß, bin ich mehr als überdrüssig. Aber auch diese beiden Mädchen fangen schon an, mich sehr zu langweilen.«

Nach dem Frühstück wandelte Candide durch eine lange Galerie, in der ihn die Schönheit der Gemälde überraschte. Er fragte, von welchem Meister die beiden ersten seien. »Sie sind von Raffael,« sagte der Signor; »ich kaufte sie vor einigen Jahren, aus Eitelkeit, zu einem sehr hohen Preis. Man sagt, sie seien das Schönste, was Italien besitzt, aber mir gefallen sie gar nicht: die Farben sind zu nachgebräunt, die Figuren nicht abgerundet genug und treten nicht richtig hervor; die Gewänder wirken nicht wie aus Stoff gemacht; kurz, was man auch sage, ich finde darin keine wahre Nachahmung der Natur. Ich vermag ein Bild nur zu lieben, wenn ich die Natur selbst zu schauen glaube; ich kenne aber kein derartiges. Ich besitze viele Bilder, aber ich sehe sie nicht mehr an.«

Pococurante ließ vor dem Mittagessen ein Konzert aufführen. Candide fand die Musik köstlich. »Dieses Geräusch«, sagte Pococurante, »kann eine halbe Stunde lang unterhalten; dauert es länger, ermüdet es jeden, obgleich niemand es einzugestehen wagt. Die Musik von heute ist nichts als die Kunst, schwierige Dinge auszuführen; was nicht schwierig ist, gefällt auf die Dauer nicht. Ich würde vielleicht die Oper mehr lieben, wenn man nicht das Geheimnis entdeckt hätte, eine Mißgeburt daraus zu machen, die mich empört. Höre wer will diese schlechten, in Musik gesetzten Tragödien, deren Szenen nur dazu da sind, zur Unzeit zwei oder drei lächerliche Gesänge zu bringen, um die Stimme einer Sängerin glänzen zu lassen; schüttle sich vor Vergnügen, wer will oder kann beim Anblick eines Kastraten, der den Cäsar oder Cato trillert und linkisch über die Bretter stolziert: was mich betrifft, so habe ich seit langem auf diese Armseligkeiten verzichtet, die heute den Ruhm Italiens bilden und von den Fürsten so teuer bezahlt werden.« Candide widersprach ein wenig, aber doch mit Bescheidenheit. Martin war vollständig der Meinung des Signors.

Man ging zu Tisch und begab sich, nach einem ausgezeichneten Mahle, in die Bibliothek. Candide sah einen prachtvoll gebundenen Homer und pries den Geschmack des erlauchten Herrn. »Dies ist«, sagte er, »ein Buch, das den großen Pangloß, den ersten Philosophen Deutschlands, begeisterte.« – »Mir geht es nicht so,« sagte

Pococurante kalt; »man redete mir früher ein, ich empfände ein Vergnügen beim Lesen; aber diese fortwährende Wiederholung von Schlachten, die sich alle gleichen, diese Götter, die immer handeln und doch nichts Entscheidendes tun, diese Helena, welche die Ursache des Krieges ist und doch in diesem Stück kaum als Mitwirkende auftritt; dieses Troja, das belagert und nicht genommen wird: dies alles verursachte mir die größte Langeweile. Ich habe manchmal Gelehrte gefragt, ob sie sich ebenso wie ich bei dieser Lektüre langweilten: alle ehrlichen Menschen haben mir gestanden, daß das Buch ihnen aus den Händen fiele, man müsse es aber in seiner Bibliothek haben als ein Denkmal des Altertums wie die verrosteten Medaillen, die aus dem Handel gezogen sind.«

»Denken Eure Exzellenz ebenso über Virgil?« fragte Candide. – »Ich gebe zu,« sagte Pococurante, »daß das zweite, vierte und sechste Buch seiner Äneide ausgezeichnet sind; was aber seinen frommen Aeneas, den starken Cloanthes, den Freund Achates, den kleinen Ascanius, den verblödeten König Latinus, die bürgerliche Amata und die einfältige Lavinia betrifft, so glaube ich nicht, daß es etwas ähnlich Kaltes und Unangenehmes gibt. Da ziehe ich den Tasso vor und Ariosts Erzählungen, bei denen man im Stehen einschlafen kann.«

»Darf ich Sie fragen, mein Herr,« sagte Candide, »ob es Ihnen nicht großes Vergnügen macht, Horaz zu lesen?« – »Es sind Grundsätze darin,« erwiderte Pococurante, »aus denen ein Weltmann Nutzen ziehen kann, und welche, da sie in kraftvolle Verse gedrängt sind, sich dem Gedächtnis leichter einprägen. Aber was kümmert mich seine Reise nach Brindisi oder seine Beschreibung eines schlechten Mittagsmahles; seine Packträgerstreitigkeiten zwischen – ich weiß nicht welchem Pupilus, dessen Worte, wie er sagt, voll Eiter und einem andern, dessen Worte voll Essig waren! Nur mit äußerstem Abscheu habe ich seine groben Verse gegen alte Weiber und Zauberinnen gelesen; auch kann ich kein Verdienst darin erkennen, wenn er seinem Freunde Mäcenas sagt, nun, da er durch ihn zum Rang eines lyrischen Dichters erhoben worden sei, reiche er mit seiner erhabenen Stirn an die Sterne heran. Die Dummen bewundern an einem anerkannten Autor alles. Ich lese nur für mich selber; ich liebe nur, was mir Nutzen bringt.« Candide, der nicht zu eigenem Urteilen erzogen worden war, verwunderte sich ungemein über das, was er hörte. Martin fand Pococurantes Art zu denken sehr vernünftig.

»Oh, hier ist ein Cicero,« sagte Candide; »diesen großen Mann, denke ich doch, werden Sie nicht müde werden zu lesen.« – »Ich lese ihn nie,« antwortete der Venezianer. »Was liegt mir daran, ob er Rabirius oder Cluentius verteidigt hat? Ich habe genug an den Prozessen, die ich entscheiden muß. Ich würde mich eher mit seinen philosophischen Schriften befreundet haben; als ich aber sah, daß er an allem zweifelte, sagte ich mir, daß ich ebenso viel wisse wie er, und daß ich niemanden brauche, um nichts zu wissen.«

»Oh, hier sind achtzig Bände mit Abhandlungen einer Akademie der Wissenschaften,« rief Martin; »vielleicht ist darin etwas Gutes.« – »Es könnte so sein,« sagte Pococurante, »wenn einer der Verfasser dieses Wortschwalles wenigstens die Kunst, Stecknadeln zu machen, erfunden hätte; aber in all diesen Büchern stecken nichts als leere Systeme und kein einziger brauchbarer Gedanke.«

»Wie viele Theaterstücke sehe ich dort,« sagte Candide, »italienische, spanische, französische!« – »Ja,« sagte der Signor, »es gibt dreitausend und darunter keine drei Dutzend gute. Was diese Predigtsammlungen betrifft, die alle zusammen nicht eine Seite des Seneca aufwiegen, oder jene dicken Bände mit theologischen Schriften, so können Sie sich denken, daß weder ich noch irgend jemand sie je aufschlägt.«

Martin sah ganze Reihen englischer Bücher. »Ich glaube,« sagte er, »einem Republikaner müssen die meisten dieser so frei geschriebenen Bücher gefallen.« – »Ja,« antwortete Pococurante, »es ist schön, zu schreiben, was man denkt: es ist ein Vorrecht des Menschen. In unserm ganzen Italien schreibt man nur, was man nicht denkt. Die Bewohner des Vaterlandes der Cäsaren und Antonine wagen keine Meinung mehr zu haben ohne die Erlaubnis eines Dominikaners. Ich wäre mit der Freiheit zufrieden, welche die englischen Geister erfüllt, wenn nicht Leidenschaft und Parteigeist wieder alles verdürben, was an dieser kostbaren Freiheit schätzenswert ist.«

Candide sah einen Milton und fragte, ob er diesen Verfasser nicht für einen großen Mann halte. »Wen?« sagte Pococurante, »diesen Barbaren, der in zehn Bänden voll harter Verse einen langen Kommentar zum ersten Kapitel der Genesis gibt? Diesen groben Nachahmer der Griechen, der die Schöpfung entstellt, und der, während Moses das ewige Wesen als Weltschöpfer durch das Wort repräsentiert, den Messias einen großen Zirkel aus einem Himmelsschrank nehmen läßt, um damit sein Werk auszumessen. Ich soll den schätzen, der die Hölle und den Teufel des Tasso verdorben hat; der Luzifer bald als Kröte, bald als Zwerg verkleidet; der ihn hundertmal dieselben Reden halten und über Theologie streiten läßt; der schließlich die komische Erfindung der Feuerwaffen bei Ariost im Ernst nachahmt und seine Teufel mit Kanonen in den Himmel schießen läßt! Weder ich noch irgend jemand in Italien hat an diesen trübseligen Absonderlichkeiten Gefallen finden können. Die ›Vermählung der Sünde mit dem Tode‹ und die Nattern, welche die Sünde gebiert, reizen jeden Menschen mit etwas feinerem Geschmack zum Erbrechen. Seine endlose Beschreibung eines Hospitales ist nur für einen Totengräber gut. Dieses dunkle, wirre und abscheuliche Gedicht wurde bei seinem Erscheinen verachtet; ich behandle es heute nur, wie es in seinem Vaterlande von den Zeitgenossen behandelt wurde. Im übrigen sage ich, was ich denke, und kümmere mich blutwenig darum, ob die anderen denken wie ich.« Candide war sehr traurig über diese Reden. Er achtete Homer, er hatte eine kleine Schwäche für Milton. »Ach!« sagte er ganz leise zu Martin, »ich fürchte sehr, dieser Mann schätzt unsere deutschen Dichter sehr gering.« – »Das wäre weiter nicht schlimm,« sagte Martin. – »O welch überlegener Mann!« wiederholte Candide zwischen den Zähnen, »welch großer Geist ist dieser Pococurante! Nichts gefällt ihm.«

Nachdem sie auf diese Art alle Bücher besprochen hatten, gingen sie in den Garten hinunter. Candide lobte dessen Schönheiten. »Ich kenne nichts Geschmackloseres,« sagte der Herr; »es sind nichts als Schnörkeleien; von morgen ab werde ich einen in edlerem Muster anlegen lassen.«

Als die beiden Neugierigen sich von Seiner Exzellenz verabschiedet hatten, sagte Candide zu Martin: »Nun werden Sie zugeben müssen, daß dies der glücklichste aller Menschen ist, denn er steht über allem, was er besitzt.« – »Sehen Sie nicht,« sagte Martin, »daß er von allem, was er besitzt, angeekelt ist? Platon hat schon lange gesagt, daß die besten Magen nicht die sind, die alle Nahrung zurückweisen.« – »Aber,« sagte Candide, »ist es nicht auch ein Vergnügen, alles zu kritisieren, Fehler zu finden, wo andere Menschen nur Schönheiten zu sehen glauben?« – »Das heißt,« versetzte Martin, »daß es Vergnügen macht, kein Vergnügen zu haben?« – »Nun wohl!« sagte Candide, »es gibt also keinen Glücklichen als mich, wenn ich Fräulein Kunigunde wiedersehe.« – »Es ist immer klug, zu hoffen,« sagte Martin.

Indessen gingen die Tage und die Wochen hin; Cacambo kam nicht zurück, und Candide war so in seinen Schmerz versunken, daß ihm sogar nicht auffiel, daß Paquette und Bruder Giroflée nicht einmal gekommen waren, um sich zu bedanken.

Sechsundzwanzigstes Kapitel

Von einem Abendessen, das Candide und Martin mit sechs Fremden einnahmen und wer diese waren

Eines Abends, als Candide sich mit Martin und den Fremden, die in demselben Gasthaus wohnten, zu Tisch setzte, redete ihn ein Mann mit rußfarbigem Gesicht von hinten an, nahm ihn beim Arm und sagte: »Machen Sie sich fertig, mit uns abzureisen, versäumen Sie es nicht.« Er wendet sich um und sieht Cacambo. Nur der Anblick Kunigundens hätte ihn mehr erstaunen und ihm lieber sein können. Er war nahe daran, toll vor Freude zu werden. Er umarmte seinen teuren Freund. »Kunigunde ist hier, gewiß? Wo ist sie? Führe mich zu ihr, daß ich mit ihr vor Freude sterbe.« – »Kunigunde ist nicht hier,« sagte Cacambo, »sie ist in Konstantinopel.« – »O Himmel! In Konstantinopel! Aber wäre sie in China, ich fliege, laß uns abreisen.« – »Wir werden nach Tisch abreisen,« versetzte Cacambo; »ich kann Ihnen nicht mehr sagen; ich bin Sklave, mein Herr wartet auf mich; ich muß ihn bei Tisch bedienen; sagen Sie kein Wort; speisen Sie und halten Sie sich bereit.«

Von Freude und Schmerz zugleich bewegt, entzückt, seinen treuen Beauftragten wiederzusehen, erstaunt, ihn als Sklaven zu sehen, erfüllt von dem Gedanken an seine Geliebte, das Herz erregt, den Geist verwirrt, so setzte sich Candide mit Martin zu Tisch, der alle diese Abenteuer mit kaltem Blut sah zusammen mit sechs Fremden, die den Karneval in Venedig mitmachen wollten.

Cacambo, der dem einen dieser sechs Fremden Wein einschenkte, neigte sich gegen Ende der Mahlzeit zu seinem Herrn und sagte: »Sire, Eure Majestät kann reisen, sobald sie will, das Schiff ist bereit.« Nach diesen Worten ging er hinaus. Die erstaunten Gäste sahen sich an, ohne ein Wort hervorzubringen, als ein anderer Bedienter sich seinem Herrn nahte und sagte: »Sire, der Wagen Eurer Majestät wartet in Padua, die Barke ist bereit.« Wieder sahen sich alle Gäste an; das allgemeine Erstaunen verdoppelte sich. Ein dritter Diener näherte sich dem dritten Fremden und sagte: »Sire, glauben Sie mir, Eure Majestät darf hier nicht länger bleiben; ich werde alles vorbereiten« und verschwand alsbald.

Candide und Martin zweifelten nicht mehr, daß dies ein Karnevalsscherz sei. Ein vierter Diener sagte zum vierten Herrn: »Eure Majestät kann reisen, sobald es ihr beliebt,« dann ging er wie die andern. Der fünfte sagte dasselbe zum fünften Herrn. Aber der sechste Diener sprach in einem andern Ton zum sechsten Fremden, der neben Candide saß; er sagte: »Meiner Treu, Sire, man will weder Eurer Majestät noch mir länger Kredit geben, und es ist wohl möglich, daß wir, Sie und ich, heute nacht eingesperrt werden, ich will nach meinen Angelegenheiten sehen; leben Sie wohl.«

Nachdem alle Diener verschwunden waren, saßen die sechs Fremden, Candide und Martin in tiefer Stille, die schließlich von Candide unterbrochen wurde. »Meine Herren,« sagte er, »das ist ein sonderbarer Scherz. Wieso sind Sie alle Könige? Was uns betrifft, so gestehe ich, daß wir beide, Martin und ich, keine sind.«

Der Herr Cacambos ergriff darauf erregt das Wort und sagte in italienischer Sprache: »Ich scherze durchaus nicht, ich bin Achmed III.[18]; ich war mehrere Jahre

---

[18] Achmed III. wurde entthront im Jahre 1730; er starb 1736.

Großsultan. Ich entthronte meinen Bruder; mein Neffe hat mich entthront; man hat meinen Wesiren den Hals abgeschnitten; ich beende mein Leben im alten Serail; mein Neffe, der Großsultan Mahomet, erlaubt mir manchmal, für meine Gesundheit zu reisen; so bin ich zum Karneval nach Venedig gekommen.«

Ein junger Mann, der neben Achmed saß, sprach nach ihm diese Worte: »Ich heiße Iwan[19]; ich war Kaiser aller Russen; ich wurde schon in der Wiege entthront; mein Vater und meine Mutter waren eingekerkert; ich wurde im Gefängnis erzogen; manchmal wird mir erlaubt zu reisen; so bin ich zum Karneval nach Venedig gekommen.«

Der Dritte sagte: »Ich bin Karl Eduard[20], König von England; mein Vater hat mir seine Rechte auf den Thron abgetreten; ich habe gekämpft, um sie zu behaupten; achthundert meiner Anhänger hat man das Herz aus dem Leibe gerissen und es ihnen um die Wangen geschlagen; ich wurde ins Gefängnis gesetzt; ich gehe nach Rom, um meinen königlichen Vater zu besuchen, der, wie ich und mein Großvater, entthront ist. So bin ich zum Karneval nach Venedig gekommen.«

Also nahm der vierte das Wort: »Ich bin König der Polacken[21]; das Kriegsgeschick hat mich meiner Erbstaaten beraubt; mein Vater hat dasselbe Unglück erlitten. Ich füge mich in die Vorsehung wie der Sultan Achmed, der Kaiser Iwan und der König Karl Eduard, denen Gott ein langes Leben schenken möge. So bin ich zum Karneval nach Venedig gekommen.«

Der fünfte sagte: »Auch ich bin König der Polacken[22]; zweimal habe ich mein Königreich verloren, aber die Vorsehung hat mir einen andern Staat gegeben, in dem ich mehr Gutes getan habe, als alle sarmatischen Könige zusammen je an der Weichsel fertiggebracht haben. Auch ich verlasse mich auf die Vorsehung; so bin ich zum Karneval nach Venedig gekommen.«

Es blieb noch der sechste Monarch. »Meine Herren,« sagte er, »ich bin kein so großer Herr wie Sie; aber schließlich bin ich doch König gewesen so gut wie ein anderer; ich bin Theodor[23]; man hat mich zum König von Korsika gewählt; man hat mich ›Eure Majestät‹ genannt und jetzt nennt man mich kaum ›Mein Herr‹. Ich habe Geld prägen lassen und besitze keinen Heller; ich hatte zwei Staatssekretäre und habe heute kaum

---

[19] Iwan, geboren 1730, wurde im selben Jahre entthront, eingekerkert und 1762 erdolcht.
[20] Karl Eduard von England – 1788 in Rom gestorben.
[21] August III., Kurfürst von Sachsen und König von Polen; 1756 durch den Siebenjährigen Krieg vertrieben. 1763 gestorben.
[22] Stanislaus I. Leszynski, geboren 1677.
[23] Theodor, Baron von Neuhof 1686–1756; 1736 König von Korsika.

mehr einen Diener. Ich saß auf einem Thron und lag in London lange auf Stroh in einem Gefängnis. Ich fürchte sehr, daß es mir hier ähnlich geht, obgleich ich wie Ihre Majestäten gekommen bin, um den Karneval in Venedig zu verbringen.«

Die fünf anderen Könige hörten diese Rede mit edlem Mitleiden. Jeder von ihnen gab dem König Theodor zwanzig Zechinen, damit er sich Kleider und Hemden anschaffen könne; Candide schenkte ihm einen Diamanten im Werte von zweitausend Zechinen. »Wer ist denn«, sagten die fünf Könige, »dieser Mann, der imstande ist, hundertmal so viel zu geben wie wir, und der es auch tut? Sind Sie auch König, mein Herr?« – »Nein, meine Herren, und ich möchte es auch nicht sein.«

In dem Augenblick, da man sich von der Tafel erhob, kamen im selben Gasthof vier königliche Hoheiten an, die ebenfalls ihre Staaten durch Kriegsgeschick verloren hatten und den Karneval in Venedig verbringen wollten. Candide würdigte diese Ankömmlinge keines Blickes. Er hatte keinen andern Gedanken als den, seine teure Kunigunde in Konstantinopel aufzusuchen.

Siebenundzwanzigstes Kapitel

Candides Reise nach Konstantinopel

Der treue Cacambo hatte schon bei dem türkischen Kapitän, der den Sultan Achmed nach Konstantinopel zurückfahren sollte, durchgesetzt, daß er Candide und Martin an Bord nahm. Beide begaben sich dorthin, nachdem sie sich vor Seiner entwerteten Majestät niedergeworfen hatten. Unterwegs sagte Candide zu Martin: »Wir haben also mit sechs entthronten Königen gespeist! Und unter diesen sechsen war einer, dem ich ein Almosen gab! Vielleicht gibt es viele noch unglücklichere Prinzen. Was mich betrifft, so habe ich nur hundert Hammel verloren und jetzt fliehe ich in die Arme Kunigundens! Mein lieber Martin, ich wiederhole, Pangloß hatte recht, alles ist gut.« – »Ich wünsche es«, sagte Martin. – »Aber,« sagte Candide, »dies Abenteuer in Venedig ist doch eigentlich sehr unwahrscheinlich. Man hat noch nie gesehen oder sagen hören, daß sechs entthronte Könige zusammen in einem Gasthofe zu Abend speisen.« – »Es ist nicht außergewöhnlicher,« sagte Martin, »als die meisten Dinge, die wir erlebt haben. Es ist etwas sehr Gewöhnliches, daß Könige entthront werden; was die Ehre betrifft, die uns zuteil wurde, mit ihnen zu speisen, so ist das eine Kleinigkeit, die wir nicht zu beachten brauchen. Was liegt daran, mit wem man speist, vorausgesetzt, daß das Mahl gut ist?«

Kaum war Candide auf dem Schiff, als er seinem ehemaligen Diener, seinem Freunde Cacambo, um den Hals fiel. »Nun,« sagte er, »was macht Kunigunde? Ist sie immer noch ein Wunder an Schönheit? Liebt sie mich noch? Wie geht es ihr? Du hast ihr doch einen Palast in Konstantinopel gekauft?«

»Mein teurer Herr,« antwortete Cacambo, »Kunigunde wäscht Küchengeschirr am Ufer der Propontis, bei einem Fürsten, der sehr wenig Geschirr besitzt. Sie ist Sklavin im Hause eines früheren Herrschers namens Ragotsky[24], dem der Großtürke täglich drei Taler für seinen Unterhalt gibt. Trauriger jedoch ist, daß sie ihre Schönheit verloren hat und entsetzlich häßlich geworden ist.« – »Ach! schön oder häßlich,« sagte Candide, »ich bin ein anständiger Mensch, und meine Pflicht ist, sie stets zu lieben. Aber wie konnte sie mit den fünf oder sechs Millionen, die du mitbekommen hast, in einen so schlimmen Zustand geraten?« – »Gut,« sagte Cacambo, »mußte ich nicht zwei Millionen dem Señor Don Fernando d'Ibaraa, y Figueora, y Mascarenès, y Lampurdos, y Suza, Gouverneur von Buenos Aires, geben für die Erlaubnis, Fräulein Kunigunde mitzunehmen? Hat uns nicht ein Seeräuber brav alles übrige abgenommen? Ist dieser Seeräuber nicht mit uns um das Kap Matapan nach Milo, Nicara, Samos, Petra, durch die Dardanellen nach Marmara und Scutari gefahren? Kunigunde und die Alte dienen dem Fürsten, von dem ich sprach, und ich bin Sklave des entthronten Sultans.« – »Wie viele furchtbare Schicksalsschläge ketten sich ineinander!« sagte Candide. »Aber schließlich habe ich noch einige Diamanten; ich werde Kunigunde leicht befreien können. Es ist sehr schade, daß sie so häßlich geworden ist.«

Dann wandte er sich an Martin: »Was denken Sie, wer ist am meisten zu beklagen, Kaiser Achmed, Kaiser Iwan, König Karl Eduard oder ich?« – »Ich weiß es nicht,« sagte Martin; »um es zu wissen, müßte ich in Eure Herzen sehen.« – »Ach,« sagte Candide, »wenn Pangloß hier wäre: er wüßte es und würde es uns sagen.« – »Ich weiß nicht,« versetzte Martin, »mit welcher Wage Ihr Pangloß das Unglück der Menschen gewogen und ihre Leiden abgeschätzt hätte. Alles, was ich vermute, ist, daß es Millionen Menschen auf der Erde gibt, die hundertmal mehr zu beklagen sind als König Karl Eduard, Kaiser Iwan und der Sultan Achmed.« – »Das mag wohl sein«, sagte Candide.

In wenigen Tagen gelangte man zum Kanal des Schwarzen Meeres. Das erste war, daß Candide Cacambo mit teurem Geld loskaufte. Dann warf er sich, ohne Zeit zu verlieren, mit seinen Gefährten in eine Galeere, um an dem Ufer der Propontis Kunigunde aufzusuchen, so häßlich sie auch sein mochte.

---

[24] Franz II. Rakoczy, geboren 1676; starb 1735.

Auf der Galeere waren zwei Sträflinge, die sehr schlecht ruderten, und denen der levantinische Kapitän von Zeit zu Zeit einige Hiebe mit dem Ochsenziemer auf die nackten Schultern versetzte. Candide betrachtete diese aus natürlichem Mitgefühl aufmerksamer als die andern Galeerensklaven und näherte sich ihnen voll Mitleid. Etwas in ihren verzerrten Gesichtern schien ihm einige Ähnlichkeit mit Pangloß und jenem unglücklichen Jesuiten, dem Baron, Kunigundens Bruder, zu haben. Dieser Gedanke bewegte und betrübte ihn. Er betrachtete sie noch aufmerksamer. »In der Tat,« sagte er zu Cacambo, »wenn ich nicht selber Meister Pangloß hätte hängen sehen und nicht das Unglück gehabt hätte, den Baron zu töten, würde ich glauben, daß sie es seien, die auf der Galeere rudern.«

Beim Namen des Barons und des Pangloß stießen die beiden Sträflinge einen lauten Schrei aus, hielten sich an der Bank und ließen die Ruder fallen. Der levantinische Kapitän lief auf sie zu und verdoppelte die Schläge mit dem Ochsenziemer. »Halten Sie! Halten Sie ein, Herr!« rief Candide; »ich gebe Ihnen so viel Geld, wie Sie wollen.« – »Wie! das ist Candide!« sagte einer der Sträflinge. – »Wie, das ist Candide!« sagte der andere. – »Ist es ein Traum?« sagte Candide; »wache ich? Bin ich auf einer Galeere? Ist dies der Herr Baron, den ich getötet habe? Ist dies Meister Pangloß, den ich hängen sah?« – »Wir sind es! Wir sind es!« antworteten sie. »Wie,« sagte Martin, »dies hier ist der große Philosoph?« – »He! Herr Kapitän aus der Levante,« sagte Candide, »wieviel Lösegeld wollen Sie für Herrn von Thunder-ten-tronckh, einen der ersten Barone des Reichs, und für Herrn Pangloß, den tiefsinnigsten Metaphysiker Deutschlands?« – »Christenhund,« antwortete der levantinische Kapitän, »da diese beiden Hunde von Christensträflingen Barone und Metaphysiker sind, was, wie es scheint, in ihrem Lande eine große Würde ist, wirst du mir fünfzigtausend Zechinen geben.« – »Sie sollen Sie haben, mein Herr; fahren Sie mich wie ein Blitz nach Konstantinopel zurück, und Sie werden sofort bezahlt werden; doch nein, fahren Sie zu Fräulein Kunigunde.« Gleich auf das erste Angebot Candides hatte der Levantiner den Schnabel des Schiffes nach Konstantinopel zu gedreht und ließ es schneller rudern; als ein Vogel die Luft zerteilt.

Candide umarmte Pangloß und den Baron hundertmal. »Und wie kommt es, daß ich Sie nicht getötet habe, mein teurer Baron? Und Sie, mein geliebter Pangloß, wieso sind Sie am Leben, nachdem Sie gehängt worden sind? Und warum sind Sie beide auf Galeeren in der Türkei?« – »Ist es wahr, daß meine geliebte Schwester in diesem Lande ist?« fragte der Baron. – »Ja«, antwortete Cacambo. – »Ich sehe also meinen lieben Candide wieder!« rief Pangloß. Candide stellte ihnen Martin und Cacambo vor. Alle umarmten sich; alle sprachen zu gleicher Zeit. Die Galeere flog dahin; sie waren schon im Hafen. Man ließ einen Juden kommen, an den Candide einen Diamanten im Werte von hunderttausend Zechinen für fünfzigtausend verkaufte, und der bei Abraham schwur, er könne nicht mehr dafür geben. Er zahlte sofort das Lösegeld für den Baron und das für Pangloß. Dieser warf sich seinem Befreier zu Füßen und badete sie in Tränen; der andere dankte mit einer Kopfbewegung und versprach, ihm das Geld bei der ersten Gelegenheit wiederzugeben. »Aber ist es denn möglich, daß meine Schwester in der Türkei ist?« sagte er. – »Nichts ist so möglich,« versetzte Cacambo, »denn sie wäscht Geschirr auf bei einem Fürsten von Siebenbürgen.« Man ließ sogleich zwei Juden kommen: Candide verkaufte noch mehr Diamanten; und sie gingen alle auf eine andere Galeere, um Kunigunde zu befreien.

Achtundzwanzigstes Kapitel

Was mit Candide, Kunigunde, Pangloss, Martin u.s.w. geschah

»Verzeihung, noch einmal,« sagte Candide zum Baron; »Verzeihung, ehrwürdiger Vater, daß ich Ihnen einen Degenstich quer durch den Leib versetzte.«

»Sprechen wir nicht mehr davon,« sagte der Baron; »ich war etwas zu lebhaft, ich gestehe es. Da Sie wissen wollen, durch welchen Zufall Sie mich auf der Galeere trafen, sage ich Ihnen, daß ich, nachdem meine Wunde von dem Frater-Apotheker des Kollegiums geheilt wurde, von einer spanischen Abteilung angegriffen und weggeführt worden bin; zu der Zeit, da meine Schwester eben abgereist war, setzte man mich in Buenos Aires ins Gefängnis. Ich bat, mich nach Rom zum Pater General zurückkehren zu lassen. Ich wurde zum Geistlichen an der französischen Botschaft in Konstantinopel ernannt. Ich war keine acht Tage in meinem Amt, als ich eines Abends einen jungen, wohlgestalteten Pagen traf. Es war sehr heiß: der junge Mann wollte baden; ich ergriff die Gelegenheit, um ebenfalls zu baden. Ich wußte nicht, daß es für einen Christen eine Todsünde war, mit einem jungen Muselmann nackt angetroffen zu werden. Ein Kadi ließ mir hundert Stockschläge auf die Fußsohlen verabreichen und verurteilte mich zur Galeere. Ich glaube nicht, daß je eine entsetzlichere Ungerechtigkeit begangen wurde. Aber ich möchte gern wissen, warum meine Schwester in der Küche eines in die Türkei geflüchteten Herrschers von Siebenbürgen ist.«

»Und Sie, mein teurer Pangloß,« fragte Candide, »wie kommt es, daß ich Sie wiedersehe?«

»Es ist wahr,« sagte Pangloß, »daß Sie mich hängen sahen; eigentlich sollte ich verbrannt werden. Aber Sie erinnern sich, daß es in Strömen regnete, als man mich braten wollte. Der Sturm war so heftig, daß man es aufgeben mußte, das Feuer anzuzünden. Ich wurde gehängt, weil man nichts Besseres tun konnte. Ein Chirurg kaufte meinen Leichnam, brachte mich in seine Wohnung und sezierte mich. Er machte zunächst einen Kreuzschnitt vom Nabel bis zum Schlüsselbein. Man konnte nicht schlechter gehängt worden sein, als ich es war. Der Vollstrecker der hohen Werke der heiligen Inquisition, der Subdiakon war, verbrannte in der Tat die Menschen aufs wunderbarste, aber er war nicht gewohnt, sie zu hängen: der Strang war durchnäßt und schlüpfte nicht, er war schlecht geknüpft. Kurz, ich atmete noch: der Kreuzschnitt entriß mir einen so durchdringenden Schrei, daß mein Chirurg auf den Rücken fiel. Er glaubte, daß er den Teufel seziere, floh in Todesangst und fiel auf der Flucht noch einmal über die Treppe hin. Seine Frau eilte auf den Lärm aus einem Nebenzimmer herbei: sie sah mich mit meinem Kreuzschnitt auf dem Tisch ausgestreckt, fürchtete sich noch mehr als ihr Mann, floh und fiel auf ihn. Als sie wieder etwas zu sich gekomen waren, hörte ich die Frau zu ihrem Manne sagen: ›Mein Guter, was fiel dir auch ein, einen Ketzer zu sezieren? Weißt du nicht, daß der Teufel immer im Leib dieser Menschen ist? Ich werde schnell einen Priester holen, um ihn austreiben zu lassen.‹ Ich zitterte bei diesem Vorschlag und sammelte die wenigen Kräfte, die mir geblieben waren, um zu rufen: ›Haben Sie Mitleid mit mir!‹ Endlich faßte der portugiesische Bader Mut: er nähte meine Haut wieder zusammen. Auch seine Frau sah nach mir; vierzehn Tage darauf war ich wieder auf den Beinen. Der Bader suchte für mich eine Stelle und brachte mich als Lakai zu einem Herrn aus Malta, der nach Venedig fuhr. Da aber mein Herr mir keinen Lohn bezahlen konnte, trat ich bei einem venezianischen Händler in Dienst und folgte ihm nach Konstantinopel.

Eines Tages bekam ich Lust, eine Moschee zu besuchen; es war nur ein alter Iman darin und eine junge, sehr hübsche Andächtige, die ihre Gebete hersagte. Ihr Busen war unbedeckt; zwischen den beiden Brüsten saß ein schöner Strauß aus Tulpen, Rosen, Anemonen, Ranunkeln, Hyazinthen und Aurikeln. Sie ließ den Strauß fallen; ich hob ihn auf und steckte ihn ihr mit ehrerbietigem Eifer wieder an. Ich tat dies so langsam, daß der Iman in Zorn geriet und, da er sah, daß ich Christ war, um Hilfe schrie. Ich mußte vor den Kadi, der mir hundert Stockschläge auf die Fußsohlen geben ließ und mich auf die Galeere schickte. Ich wurde genau auf dieselbe Galeere und an ebendieselbe Bank gekettet wie der Herr Baron. Es waren auf dieser Galeere vier junge Leute von Marseille, fünf neapolitanische Priester und zwei Mönche aus Korfu, die uns sagten, daß dergleichen Abenteuer alle Tage vorkämen. Der Herr Baron behauptete, er habe größere Unbill erlitten als ich; ich behauptete jedoch, daß es eher erlaubt sei, einen Blumenstrauß an den Busen einer Frau zu stecken, als mit einem Pagen völlig nackt angetroffen zu werden. So stritten wir unaufhörlich und bekamen täglich zwanzig Schläge mit dem Ochsenziemer, bis die Verkettung der Ereignisse dieser Welt Sie auf unsere Galeere gebracht hat und Sie uns losgekauft haben.«

»Nun, mein lieber Pangloß,« sagte Candide, »als Sie gehängt, seziert, von Schlägen zermürbt und an die Galeere gekettet waren, haben Sie da auch noch gedacht, daß alles so gut wie möglich sei in der Welt?«

»Ich bin noch meiner ersten Meinung,« antwortete Pangloß; »denn ich bin Philosoph. Es kommt mir nicht zu, meine Ansicht zurückzunehmen, da Leibniz nicht Unrecht gehabt haben kann und die prästabilierte Harmonie ebenso wie das All und die Monade das schönste Ding der Welt ist.«

Neunundzwanzigstes Kapitel

Wie Candide Kunigunde und die Alte wiederfand

Während Candide, der Baron, Pangloß, Martin und Cacambo ihre Abenteuer erzählten und über die zufälligen und nicht zufälligen Ereignisse auf dieser Welt philosophierten; während sie über Wirkungen und Ursachen, moralische und physische Übel, Freiheit und Zweckmäßigkeit und die Möglichkeit von Tröstungen auf türkischen Galeeren disputierten, landeten sie am Ufer der Propontis bei dem Hause des Fürsten von Siebenbürgen. Das Erste, was sie sahen, waren Kunigunde und die Alte, die Mundtücher zum Trocknen über Leinen hängten.

Der Baron erbleichte bei diesem Anblick. Der zärtliche Liebhaber Candide wich, von Entsetzen gepackt, drei Schritte zurück, als er seine schöne Kunigunde mit verbrannter Haut, rotgeränderten Augen, welkem Busen, hohlen Wangen, roten, aufgesprungenen Armen erblickte. Aus Anstand raffte er sich wieder auf und ging auf sie zu. Sie umarmte Candide und ihren Bruder; die Alte wurde umarmt. Candide kaufte beide los.

In der Nachbarschaft lag eine kleine Meierei. Die Alte schlug Candide vor, sich dort einzurichten, bis der ganzen Gesellschaft ein besseres Los beschieden sei. Kunigunde wußte nicht, daß sie häßlich geworden war; niemand hatte es ihr gesagt. Sie erinnerte Candide mit solch entschlossenem Ton an sein Versprechen, daß er nicht wagte, zu widersprechen. Er teilte also dem Baron mit, daß er sich mit seiner Schwester vermählen werde. »Niemals,« antwortete der Baron, »werde ich dieses Hinabsteigen von

Seiten meiner Schwester und diese Kühnheit Ihrerseits dulden; solche Ehrlosigkeit soll mir nicht vorgeworfen werden. Die Kinder meiner Schwester könnten in kein deutsches Ordenskapitel aufgenommen werden. Nein, sie wird nur einen Baron des Reiches heiraten.« Kunigunde warf sich ihm weinend zu Füßen; er war unbeugsam. »Erznarr,« sagte Candide, »ich habe dich von der Galeere befreit, dein Lösegeld und das deiner Schwester bezahlt; sie wusch hier Geschirr auf, sie ist häßlich, ich habe die Großmut, sie zu meiner Frau zu machen, und du wagst es noch, dich zu widersetzen? Wenn ich meinem Zorn nachginge, würde ich dich von neuem töten.« – »Du kannst mich noch einmal töten,« sagte der Baron, »aber du wirst meine Schwester nicht heiraten, so lange ich lebe.«

Dreißigstes Kapitel

Schluß

Im Grunde seines Herzens hatte Candide keine Lust, Kunigunde zu heiraten. Aber die unerhörte Frechheit des Barons bestimmte ihn, die Ehe zu schließen, auch drängte Kunigunde ihn so heftig, daß er sein Wort nicht zurücknehmen konnte. Er fragte Pangloß, Martin und den treuen Cacambo um Rat. Pangloß schrieb eine schöne Abhandlung, in der er bewies, daß der Baron kein Recht auf seine Schwester habe, und daß sie, nach den Gesetzen des Reiches, Candide zur linken Hand heiraten konnte. Martin entschied, man solle den Baron ins Wasser werfen. Cacambo war der Ansicht, daß man ihn dem levantinischen Kapitän mit seiner Galeere zurückgeben und darauf mit dem ersten Schiff nach Rom zum Pater General schicken möge. Diese Ansicht wurde gut gefunden; die Alte war einverstanden; seiner Schwester sagte man nichts. Mit wenig Geld wurde die Sache ausgeführt; so hatte man das doppelte Vergnügen, einen Jesuiten zu fangen und den Hochmut eines deutschen Barons zu bestrafen.

Es wäre natürlich, sich vorzustellen, daß Candide nach so viel Mißgeschick, mit seiner Geliebten verheiratet und mit den Philosophen Pangloß und Martin, dem klugen Cacambo und der Alten zusammen lebend, und da er überdies aus dem Lande der Inkas so viele Diamanten mitgebracht hatte, das angenehmste Leben der Welt führen würde. Aber er wurde derart von den Juden betrogen, daß ihm nichts blieb als seine kleine Meierei; seine immer häßlicher werdende Frau wurde zänkisch und unerträglich; die Alte war gebrechlich und wurde noch unerträglicher als Kunigunde. Cacambo, der die Gartenarbeit tat und die Gemüse nach Konstantinopel verkaufte, war von Arbeit überbürdet und fluchte seinem Schicksal. Pangloß war verzweifelt, daß er nicht an irgendeiner deutschen Universität glänzen konnte. Was Martin betrifft, so war er fest überzeugt, daß man überall gleich übel daran ist; er nahm die Dinge geduldig hin. Candide, Martin und Pangloß disputierten manchmal über Metaphysik und Moral.

Von den Fenstern der Meierei aus sah man oft Schiffe mit Effendis, Paschas und Kadis, die man in die Verbannung nach Lemnos, Mytilene und Erzerum sandte. Man sah andere Kadis, Paschas und Effendis kommen, die den Platz jener Vertriebenen einnahmen, bis auch sie wieder vertrieben wurden. Man sah sauber eingepackte Köpfe, die der Hohen Pforte überreicht werden sollten. Dieser Anblick verdoppelte die Zahl der philosophischen Gespräche; und wenn man nicht disputierte, war die Langeweile so stark, daß die Alte eines Tages zu sagen wagte: »Ich möchte wissen, was schlimmer ist, hundertmal von schwarzen Seeräubern vergewaltigt zu werden, einen Hinterbacken abgeschnitten zu bekommen, bei den Bulgaren Spießruten zu laufen, in einem Autodafé gepeitscht und aufgehängt, seziert und an die Galeere gekettet zu werden, kurz, alle Leiden, durch die wir gingen, zu empfinden, oder hier zu bleiben und nichts zu tun?« – »Das ist eine große Frage,« sagte Candide.

Diese Unterhaltung verursachte neue Betrachtungen; Martin vor allem meinte, der Mensch sei geboren, um in den Qualen der Unruhe oder der Lethargie der Langeweile zu leben. Candide gab dies nicht zu, aber er war nicht sehr sicher. Pangloß gestand, daß er stets furchtbar gelitten habe; da er aber einmal behauptet hatte, daß alles aufs beste gehe, hielt er es aufrecht, wenn er auch nicht daran glaubte.

Ein Umstand brachte es schließlich fertig, Martin in seinen abscheulichen Grundsätzen zu bestärken, Candide mehr als je in Zweifel zu stürzen und Pangloß' Anschauungen zu verwirren. Sie erlebten, daß Paquette und der Bruder Giroflée, beide in größter Not, in ihrer Meierei landeten. Sie hatten die dreitausend Piaster schnell aufgezehrt, waren geschieden, ausgesöhnt, wieder entzweit, dann ins Gefängnis geworfen worden, geflohen, und schließlich hatte sich der Bruder Giroflée zum Türken machen lassen. Paquette betrieb ihr Handwerk überall fort, aber sie verdiente nichts mehr dabei. »Ich hatte es vorausgesehen,« sagte Martin zu Candide, »daß Ihr Geschenk bald vertan sein und sie nur unglücklicher machen würde. Sie hatten mit Cacambo einen Überfluß von Millionen Piaster und sind nicht glücklicher als Paquette und Giroflée.« – »Oh! Oh!« sagte Pangloß zu Paquette, »der Himmel führt dich also zu uns! Mein armes Kind! weißt du auch, daß du mich die Nasenspitze, ein Auge und ein Ohr gekostet hast? Was ist aus dir geworden! Ach! was ist der Sinn dieser Welt!« Dieses neue Abenteuer veranlaßte sie, mehr als je zu philosophieren.

In ihrer Nachbarschaft lebte ein sehr berühmter Derwisch, der als der größte Philosoph der Türkei galt. Sie gingen, ihn um Rat zu fragen. Pangloß führte das Wort und sagte: »Meister, wir kommen, um dich zu bitten, uns zu sagen, warum ein so seltsames Tier wie der Mensch geschaffen worden ist?« – »In was mischest du dich?« sagte der Derwisch, »ist dies deine Sache?« – »Aber, ehrwürdiger Vater,« sagte Candide, »es gibt entsetzlich viel Elend auf der Welt.« – »Was liegt daran, ob es Böses oder Gutes gibt?« sagte der Derwisch. »Wenn Seine Hoheit ein Schiff nach Ägypten schickt, kümmert er sich darum, ob es den Mäusen im Schiffe gut oder schlecht geht?« – »Was soll man dann tun?« fragte Pangloß. – »Schweigen,« sagte der Derwisch. – »Ich hoffte,« sagte Pangloß, »mit Euch ein wenig über Wirkungen und Ursachen, über die beste aller möglichen Welten, über den Ursprung des Bösen, die Natur der Seele und die prästabilierte Harmonie sprechen zu können.« Bei diesen Worten schlug ihnen der Derwisch die Tür vor der Nase zu.

In der Zeit, da dieses Gespräch stattfand, hatte sich die Neuigkeit verbreitet, daß zwei Wesire des Diwans und der Mufti soeben erdrosselt und mehrere ihrer Freunde gespießt worden seien. Diese Katastrophe versetzte die ganze Stadt auf ein paar Stunden in Erregung. Als Pangloß, Candide und Martin in ihre kleine Meierei zurückgingen, fanden sie einen Greis, der unter einer Orangenlaube vor seinem Hause frische Luft schöpfte. Pangloß, der nicht weniger neugierig als philosophisch war, fragte ihn, wie der Mufti heiße, den man erdrosselt habe. »Ich weiß es nicht,« antwortete der gute Mann, »ich habe nie einen Namen irgendeines Mufti oder Wesirs gewußt. Ich weiß auch durchaus nichts über das Abenteuer, von dem Ihr sprecht. Ich vermute, daß im allgemeinen jene, die sich in öffentliche Angelegenheiten mischen, elend zugrundegehen und daß sie es verdienen; ich erkundige mich nie, was in Konstantinopel geschieht; ich gebe mich damit zufrieden, die Früchte des Gartens, den ich bebaue, dorthin zu schicken.« Nach diesen Worten lud er die Fremden in sein Haus. Seine beiden Töchter und seine beiden Söhne trugen verschiedene Sorten selbstbereiteten Sorbet auf, Kaimak mit Zitronenschalen, Orangen, Zitronen, Limonen, Ananas, Datteln, Pistazien und Mokkakaffee, der nicht mit dem schlechten batavischen oder dem der Inseln gemischt war. Darauf parfümierten die beiden Töchter dieses guten Muselmanns die Bärte Candides, Pangloß' und Martins.

»Sie haben wohl«, sagte Candide zu dem Türken, »ein sehr ausgedehntes und prächtiges Landgut?« – »Ich besitze nur zwanzig Morgen,« antwortete der Türke; »ich bebaue sie mit meinen Kindern. Die Arbeit hält drei große Übel von uns fern: Langeweile, Laster und Sorge.«

Als Candide in die Meierei zurückkam, stellte er tiefe Betrachtungen über die Rede des Türken an. Er sagte zu Pangloß und Martin: »Es scheint mir, dieser gute Greis hat sich sein Schicksal so gestaltet, daß es dem der sechs Könige, mit denen wir zu speisen die Ehre hatten, weit vorzuziehen ist.« – »Ehren und Würden«, sagte Pangloß, »sind sehr gefährlich, alle Philosophen bestätigen es. Eglon, König der Moabiter, wurde von Aod gemordet; Absalon bei den Haaren aufgehängt und von drei Lanzen durchbohrt; der König Nadab, Sohn des Jeroboham, von Basa getötet; der König Ela von Zambri; Ochosias von Jehu; Athalja von Joiada; die Könige Jojakim, Jechonias, Sedekias wurden zu Sklaven gemacht. Sie wissen, wie Krösus unterging, ebenso wie Astyages, Darius, Dionys von Syrakus, Pyrrhus, Perseus, Hannibal, Jugurtha, Ariovist, Cäsar, Pompejus, Nero, Otho, Vitellius, Domitian, Richard II. von England, Eduard II., Heinrich VI., Richard III., Maria Stuart, Karl I., die drei Heinriche von Frankreich und der Kaiser Heinrich IV.? Sie wissen ...« – »Ich weiß auch,« sagte Candide, »daß wir unsern Garten bebauen müssen.« – »Sie haben recht,« sagte Pangloß; »denn, als der Mensch in den Garten Eden gesetzt wurde, geschah es, ut operaretur eum, damit er arbeite, was beweist, daß der Mensch nicht für die Ruhe geboren ist.« – »Laßt uns arbeiten, ohne zu philosophieren,« sagte Martin; »das ist das einzige Mittel, das Leben erträglich zu gestalten.«

Die ganze kleine Gesellschaft war einverstanden mit diesem lobenswerten Vorsatz; jeder machte sich daran, seine Talente auszuüben. Das kleine Gut brachte viel ein. Kunigunde war in der Tat sehr häßlich; aber sie wurde eine ausgezeichnete Kuchenbäckerin; Paquette stickte; die Alte besorgte die Wäsche. Bis auf den Bruder Giroflée war keiner, der nicht Dienst tat; er wurde ein sehr tüchtiger Tischler und sogar ein anständiger Mensch. Und Pangloß sagte manchmal zu Candide: »Alle Ereignisse verketten sich in dieser besten der möglichen Welten, denn schließlich: wenn Sie nicht für Ihre Liebe zu Fräulein Kunigunde mit einem tüchtigen Fußtritt in den Hintern aus einem schönen Schlosse verjagt worden wären, wenn Sie nicht auf die Inquisitionsliste gesetzt und Amerika zu Fuß durchquert hätten, wenn Sie ferner dem Baron nicht einen gewaltigen Schwerthieb versetzt sowie all Ihre Hammel aus dem guten Lande Eldorado verloren hätten, würden Sie hier nicht eingemachte Zitronen und Pistazien essen.« – »Das ist sehr gut gesagt,« antwortete Candide, »aber wir müssen unsern Garten bebauen.«

Inhalt

Erstes Kapitel 3

Zweites Kapitel 5

Drittes Kapitel 6

Viertes Kapitel 8

Fünftes Kapitel 11

Sechstes Kapitel 13

Siebentes Kapitel 14

Achtes Kapitel 16

Neuntes Kapitel 18

Zehntes Kapitel 19

Elftes Kapitel 21

Zwölftes Kapitel 23

Dreizehntes Kapitel 26

Vierzehntes Kapitel 28

Fünfzehntes Kapitel 30

Sechzehntes Kapitel 32

Siebzehntes Kapitel 35

Achtzehntes Kapitel 38

Neunzehntes Kapitel 42

Zwanzigstes Kapitel 46

Einundzwanzigstes Kapitel 48

Zweiundzwanzigstes Kapitel 49

Dreiundzwanzigstes Kapitel 57

Vierundzwanzigstes Kapitel 58

Fünfundzwanzigstes Kapitel 61

Sechsundzwanzigstes Kapitel 65

Siebenundzwanzigstes Kapitel 68

Achtundzwanzigstes Kapitel 71

Neunundzwanzigstes Kapitel 73

Dreißigstes Kapitel 74

Milton Keynes UK
Ingram Content Group UK Ltd.
UKHW051608011224
451694UK00012B/167